你我面目

胡桑——著

孟繁华 张清华/主编

情感共同体
80后作家大系

山东文艺出版社

图书在版编目（CIP）数据

你我面目 / 胡桑著 . -- 济南：山东文艺出版社，2024.--（情感共同体·80 后作家大系 / 孟繁华，张清华主编）. -- ISBN 978-7-5329-7202-9

Ⅰ . I227

中国国家版本馆 CIP 数据核字第 2024FZ3477 号

你我面目
NIWO MIANMU
胡桑　著

主管单位	山东出版传媒股份有限公司
出版发行	山东文艺出版社
社　　址	山东省济南市英雄山路 189 号
邮　　编	250002
网　　址	www.sdwypress.com
读者服务	0531-82098776（总编室）
	0531-82098775（市场营销部）
电子邮箱	sdwy@sdpress.com.cn
印　　刷	肥城源盛印刷有限公司
开　　本	620 毫米×1000 毫米　1/16
印　　张	11
字　　数	150 千
版　　次	2024 年 7 月第 1 版
印　　次	2024 年 7 月第 1 次印刷
书　　号	ISBN 978-7-5329-7202-9
定　　价	42.00 元

版权专有，侵权必究。如有图书质量问题，请与出版社联系调换。

总序
80后：一个情感共同体

孟繁华　张清华

"情感共同体"，是新近兴起的历史学流派——情感史研究的概念。这个历史学研究流派被称为史学研究的新方向，它在考量客观事实的同时，还关注到人的道德、行为、信仰与情感等因素。美国学者苏珊·麦特和彼得·斯特恩斯指出，对情感的研究改变了历史书写的话语——不再专注于理性角色的构造，而情感研究已有的成果已经让史家看到，不但情感塑造了历史，而且情感本身也有历史。当然，研究历史与情感的关系和研究文学与情感的关系，是完全不同的两回事。借助历史研究的"情感共同体"概念，意在说明，这个共同体是一个真实的存在，而并非空穴来风。

将80后作家群体看作一个"情感共同体"，当然也只是一个比喻，一如我们此前将70后看作"身份共同体"一样。任何比喻都是有欠缺的，但可以将比喻对象更形象地呈现出来。另一方面，即便是80后本身，他们也从不同的方面将作家看作一个"共同体"。80后有代表性的批评家杨庆祥，写了《80后，怎么办》一书，引起很大反响，特别是在80后群体中，反响更强烈。张悦然说："十年前80后主要是一种反叛形象，主要写的是叛逆青春,那时候的80后肯定不需要《80后,怎么办》这本书。但是到了现在,变化非常大。我的问题在于,这代人是不是变得太快了一点,好像青春结束得太早了一点,一下子就进入了一种很委顿的中年的状态里面。正是在这样快速的消失当中,我们这一代人需要停下来审视自己。"由此可见,杨庆祥的困惑切中了一代人的思想脉络。他书中提出的问题,比如"失败的实感""历史虚无主义""抵抗的假面""沉默的'复数'""从小资产阶级梦中惊醒""我们这一代没有真正的青春""我依然属于弱势群体""能够受到一些公平的待遇就可以了"等,因有极大的"共情性",而受到了同代人的关注。这是80后内部对"情感共同体"认同的一个佐证。但无论如何,杨庆祥还比较客观。他终究还认为"我们是比50后、60后和70后更幸福的一代人"。这当然是另外一个话题。

在现代社会里,每个人都是当然的单个主体,但每一代人也必定有某种共性,虽然这共性也是被建构和解释出来的。80后的共性是什么?也许很难说清楚,杨庆祥的阐释或许也不能说服所有人。要想为他们找一个最大的"公约数",确乎很难。但是,从某种意义上来说,这一代人有着相似的文化与社会境遇,却是事实。这种境遇在我们看来,或许就是一种历史的"错位感"与"迟到感"。他们成长的阶段,刚好是中国社会迅猛变革与走向市场化的年代,他们的童年与青春时代,经历了中国社会价值观的剧烈转换;而等到他们长成的时候,中国的社会已历经世纪之交,进入了一个阶层逐渐固化、机遇相对减少的时期。相对优越的成长环境、比较早地受到关注,与成年后的某种失落之间的落差,带给了这一代人特有的困惑与迷茫。

从这个意义上,与其说他们是一个"情感共同体",不如说是"经验共同体",只是这样说不够清晰和强烈而已。要想说得有效，而不只是"求正确"的话，那么"情感共同体"是一个必要和不得已的强调。但是须知，在情感体验与情感表达之间，也同样存在着巨大的差异，人的个性差异在文学表达中，尤其有决定性的作用，更何况，人所表达的情感，也未必是他内心感受到的真情实感。所以，从根本上说，即便是同代人，他们的创作也未必在同一个声音频道里。因此，恰是这些相同和差异，一起构成了这代人的整体特征。我们必须承认，现在我们讨论的80后作家，与刚刚出道时的80后作家已经非常不同。对那时的80后作家，社会和文学界都有不一样的看法，比如有的人认为，他们过早地被市场裹挟和被书商包装了，他们没有经历上几代作家所经历的那些制度性的历练，所以在他们之中也就"看不到跟经典写作接轨的作者"。同时还有一种看法，就是他们除了书写个人成长经验之外，很难进行真正的"创作"，对社会问题和社会公共事务还不具备处理的能力。

然而时过境迁，经过十多年的锤炼和努力，以及社会不同方面的合力培育，现在的80后已经蔚为大观，且早已实现了"纯文学"意义上的承前启后，逐渐成熟并走向了文学创作和批评的一线。为了培养文学批评队伍，中国现代文学馆已先后邀请了十余届客座研究员，这些人中的相当一部分是80后，十余届中已有数十人，其规模已足以令人生畏。更有第三届客座研究员，还将他们自己命名为"十二铜人"，显然隐含了自我认同的情感关系。鲁迅文学院多次举办"青年作家高级研修班"，参加者也多为80后。更有专门以培养"文学新锐"为己任的文学刊物或栏目，比如专门举荐文学新锐的《西湖》杂志，以及《人民文学》的"新浪潮"，《十月》的"小说新干线"，《北京文学》的"新人自荐"，《作家》的"处女作"，《天涯》的"新人工作间"，《民族文学》的"本刊新人"，《中国作家》的"新实力"等等，都培养了一大批80后作家。正如80后青年批评家行超所说,最近的这二十年,既是中国社会经济、文化思潮、价值取向发生巨大转变的二十年,也是80后一代从青春期的少男少女成长为家庭支柱和社会中坚力量的二十年。80后一代在生理和精神上的全面成长,必然导致如今的80后文学与此前呈现出若干显见的变化,世纪之交那种与市场需求、商业逻辑等相纠缠的青春文学,已逐渐在他们笔下消失,取而代之的,是在内容、主题、艺术手法等多方面都变得更加成熟、更加复杂的多样性的写作。到今天,在纯文学刊物、出版市场、网络文学等各个文学场域,80后作家都占有重要的位置。而这代人写作历程中所经历的变化,恰恰构成了中国文学在新世纪发展流变的一个面向。

从诗歌领域来看,80后的一代,似乎已经没有当年70后登场时那种明显的策略意识。他们既不急于标张自我文化身份的独异性,也不刻意强调与前代的继承性,在诗风上是相当"稳健"的一代。从社会身份看,他们也主要有两类,一类是"学院派"的,一类是"非学院派"的——隐藏于社会各界与三教九流,但共同点是,文化素养都相对较高。其中"非学院派"的一类在写作上更接地气,像丁成、阿斐、唐不遇,还有女诗人中的郑小琼、李成恩,他们都是现实感非常强的诗人,当然表达个性都各自有鲜明特点;而茱萸、胡桑、严彬、王东东则都属学者型的诗人,有很强的学院背景和诗学素养,他们的写作可以说都非常自信,有从容不迫的气度,既充满知性,同时又不掉书袋,殊为难得。这两类诗人,并没有像"第三代"那样分为"民间写作"和"知识分子写作",他们几乎已经消弭了这些对立和差异。即使是像郑小琼这种出身底层、从"打工诗人"群体中成长起来的写作者,也体现出良好的素养,也写过许多具有先锋气质的,以及"纯粹植物"意义上的诗歌。

总体上，80后一代的文学评论家、小说家、诗人、散文家，已经全面覆盖当代中国文学的各个场域。为了推动这个文学群体的健康发展，鼓励青年作家创作，我们在编辑"身份共同体·70后作家大系"之后，应出版社之约，不得不继续勉力集合"情感共同体·80后作家大系"，深感使命难违，与有荣焉。但实在说，又恐因为年龄阻隔、代沟之障，对他们的理解和阐释其力难逮，说出外行话来，令方家和晚辈嗤笑。所以，多不如少，与其在这里喋喋不休，不如让读者自去判断。

致敬山东文艺出版社的朋友们，他们高瞻远瞩的文学眼光和情怀令我们感佩不已；也致意80后的青年才俊，他们的积极响应也令我们倍感欣慰。让我们一起努力，继续为中国当代文学的发展添砖加瓦。

是为序。

目　录

总序 80后：一个情感共同体　/　001

惶然书　/　001

褶皱书　/　015

叶小鸾　/　019

书隐楼　/　021

禁止入内　/　023

赋形者　/　024

松鹤公园　/　026

占雪师　/　028

叠影仪　/　030

反讽街　/　031

不遇　/　033

命名　/　035

鞍山路　/　037

对岸　/　039

孟郊：仄步 / 040

赵孟頫：寓形 / 042

沈约：离群 / 044

穀树下 / 046

勇气 / 047

姜夔：自倚 / 048

那些年 / 049

吴文英：须断 / 050

北茶园 / 052

闲谈 / 053

杨浦公园，一块砌进湖堤的墓碑 / 054

与郑小琼聊天 / 056

空栅栏 / 058

炎症 / 059

云 / 061

失踪者素描 / 063

迁移 / 066

滞留者素描 / 067

界限 / 069

夜隐者 / 070

国定支路 / 071

祖母：寂静的人 / 072

小区楼下的一株蜀葵 / 073

安顺路 / 074

迟疑的人 / 076

陈旧的人 / 078

渊默的人 / 080

夏至 / 082

任性的人 / 083

翻译 / 084

同里光阴 / 085

在平昌 / 087

临津阁，韩朝边境南侧 / 088

抒情 / 089

碧山村 / 090

约束 / 091

茅家埠 / 092

怜悯 / 093

敷腴的人 / 094

那明亮的 / 095

嬗变 / 096

距离 / 098

横桥锁溪 / 099

仿佛 / 100

远眺大海光明的水面 / 103

勇兴杂货铺兼快递站 / 104

灾人 / 107

台风利奇马 / 108

外祖母：煎熬的人 / 109

夜的命名术 / 112

不如虚无点 / 113

彰武路，鞍山八村 / 114

在孟溪这边 / 117

逸事：他人 / 127

房东 / 129

幽人 / 131

物的时代 / 133

在永嘉 / 134

空城 / 137

内卷时代 / 138

发明生活（联句） / 144

八月马连洼 / 145

分神的人在夏朵 / 147

在人类纪，不如美好点 / 149

游园 / 150

耐心 / 152

在影子之城记忆未来 / 154

进化论 / 156

湾区夏日 / 158

一代人 / 160

惶然书

一

这个夏天,我要更隐秘地活着。
黄梅时节,人的想象力受天气左右,
被迫停靠在卧室,翻阅足不出户的日子。
每到黄昏,将遗忘从记忆里拯救出来。
雨下着。词语,已暴露在外,
犹如幸存者,穿越了影子的背面。

虚无却是每天呼吸的空气,
世界在视野中崩溃,地平线上,
一棵顺应时间的银杏树,
与世界交换物质,波澜不惊地
生长,繁殖,并不知道痛苦为何物,
也不能用一个句子来表达快乐。

羞耻远如天际。我每天与词语较劲,
最终不知道能表达出什么。
我开始与夏天分离,收拾好
那条不存在的道路,留下一个空洞的
地址。在突如其来的暴雨中,
撑起来的一把伞并不能用来照明。

一个理想主义的清晨那么诱人,
时间把每一个日子送到客厅,
一个无法成形的声音变形,消失,
在这个意义上,白昼如此荒谬,
空洞。某些人体内的黑暗,
像一张濡湿的纸,贴近世界。

2009－7－3

二
虚无像一场被撕裂的暴雨,
降落在爱情内外。而一群
生动的人,切割着我的视线。
那么多年,我不再相信寂静。
我看见身体伤及信念。残酷的瞬间,
遗失在半途的信件,拒绝归来。

我逆来顺受,风暴已经够多。
我就这样变暗,代替一个影子,
犹如一场道德的伤寒,租借自己。
在仇恨里,夏天破碎。寂静的日子,
从云端摔下来。请赐予我冷漠。
让我徒手来到失败的中心。

我总要选择一个女人,她就像
窗外的夜晚,和雪花,是我心里

最寂寞的部分。欢愉是唯一的线索。
每个人的疼痛,正在变薄,赤裸在
阳光里,一个正在破碎的梦用力呼吸。
在灰烬里,我发现一个清澈的眼神。

2009-7-5

三
半空中的一个谎言,像一场雨,
随时会改变形状。寂寞犹如衣服
裹住我的身体。我脱离黑暗,
学习私人的快乐,把未来当作冰块
含在嘴里,让它融化。融化之后,
是黄昏一样的忧伤,以及对死的怀念。

每一个白昼,诉说都是一种病毒。
人们习惯于伤害,粗语或血刃,
如积雪覆盖了伦理。再也看不到
空旷的午后,一个聊天时代逐渐变亮,
废话如阳光破碎在屋檐下。
人们把生活藏进自己的裤袋。

社会那么寂静,文字,如瘫死在
河边的狐狸,来不及做梦,或回忆。
羞耻像即将用完的圆珠笔,正在消失,
指尖的那点天空小得多么不道德,

如一个落日。我并不知道，
应该成为一只动物，还是一株植物。

2009-7-9

四
夏天的末尾，道路穿过内心，
一面诚实的镜子，事物在里面明灭。
记忆，缩进壳内，一个怯懦的
黄昏，不断返回，渐至死亡。

一个人，和另一个人，组成时间，
他们痛苦，欢愉，比命运更加具体。
路边，几个男孩正在显现，他们的
微笑打败了未来，那无限的手掌。

裁剪过的音乐终于渐次稀薄，
把蚊子、枫杨和卷册放入遗忘。
那么多痛苦的人渴望消失，
被照料的白昼毁于无形之中。

收集起来的邪恶开始寂灭。
街道上聚集的日子，弯曲食指，
邀请我一起沉默。但我变得不安，
我无力反抗岁月，以及梦境。

窗外，一个撑伞的女孩摔了一跤。
一种风暴在扰乱我的生活，我不知道，
在何种程度上，残缺的空气
构成了我的一生，我何以逃遁。

2009-8-11

五
我被包围在事物里，夜空，
狗吠，欲望，一辆突然加速的摩托车。
有人在看电视，洗澡，鱼池上的
自来水龙头开着，那些夜晚的声音，
滴落在我身上，落得越响，
就越安静，孤独是一个高音。

一个醉汉游荡在聚丰园路上，
几家小超市和烤肉摊，像需要逃离的
日常生活，随时守候着。
记忆，遥远犹如冬天，寒冷一般
真实，难以摆脱，一个残酷的影子。
一个男人在醉里清醒，就像写作。

那么多事物，我可以忘却，但无法命名。
词语，在离我而去，但我没有
丝毫痛苦。绝望，搀扶着岁月走来，
伤害了身体，往事，以及邪恶。

时间会毫不犹豫地消灭每一个人。
街道上那些影子在消失,楼上的声音
停顿下来,我学会了冷漠,和顺从。

2009-9-13

六
疾病跟随着时间,来到我面前,
我领悟到了肉体,它的无能及限制。
一个意志在内部眺望,抚摸着
缓慢的时间,逐渐成为一个陌生人。

门外,徘徊着我爱过又恨过的生活,
一种虚无守住门口,让每一个瞬间
生动起来,纯洁犹如一个白昼。
而那些情欲、饕餮和快感,改变了内心。

在这些欲望里,我仍然在探究
一种爱的方式,以及自由。
它们从疲惫的身体里逃逸出来,
深邃如秋天,顺从一切,像一株植物。

我用药和清晰的秩序,挽留身体,
但事物的名字多么不够,
我需要忘却,做一个寂寞的人,
当人们用词语咒骂事物时,我选择沉默。

2009-10-17

七
街道那么稀疏,仿佛老人的目光。
下班回家的女人抹去脸上的风,
薄暮抽打着每一棵树。我像一枚
忧郁的硬币,被遗弃在郊区。
那些温暖的尘埃一去不返。无形的枝叶,
在岁月里逐渐成为自己。我看见,
习惯寒冷的女人,在冬日挥霍寒冷,
错过了冬天,以及梧桐树上零落的时间。

我犹如一只橘子,被饥饿的命运吃掉,
我迅速消失,只有食物在我体内走动。
干货摆放在电视机旁,被子睡在床上,
在另一种记忆里,台灯熄灭,
这些仿佛来自故乡,但我无法回去,
无知的生命被风俗缠绕,仿佛失血的
藤蔓植物,日益苍老,丑陋,不愿离去。

我渴望触摸到一些具体的事物,
一棵倾斜的白榆,木质碗柜,
自来水龙头,和母亲的微笑,甚至痛哭,
它们的存在让我澄清了这个世界。
傍晚的阳光另有身世,天空折叠自己,
就像这片土地有一个秘密的来源,
但我无法命名,有些词那么瘦弱,
甚至尚未出生。我说话,停顿在

一个虚无的词上,但它引不起我的恐惧。

2009-11-22

八

如果这是一个真实的夜晚,它为什么聚合得
如此必然。易碎的日子降落在歌厅,体内,
一场暴雨在离开。戴眼镜的服务员像逗号一样
重复,大声的耳语,在高耸的音阶上静息,
如一条喘息的蛇。空气有些异常,具有黑暗的形状。
冷漠的手指把我领回过去,上一个世纪的容器。

电视荧幕变幻如广场,一支插电的烟,像抖动的
街道,折叠的节奏,仿佛星期六的商场,在深处,
有人优雅,有人手足无措。我不相信自己坐在这里,
音符的嘴唇越来越苍白。那些自足的人并不知道,
世界在房间角落里发生了什么。耳朵,是我发炎的
肠胃,歌曲发酵,随着疲惫流失。旧年在门外游荡,
像一个垂死的病人。我们都在苍老,失去声音,
那些尚未成形的音乐,散落一地,寂静犹如晚年。

我想要睡去,用一个虚构的梦。夜晚似乎在消失。
缓慢的晨雾经过密云路,家乐福未醒,像蹲在半空的猫。
日子一定已经改变了,从红灯区到卖粢米饭的早餐摊子,
一些轻盈的阴郁慢慢推开晨曦,犹如一个稀疏的节日。
谨慎的街角以最古老的方式向人们敞开,它接纳事物,

又在另一个街角吐出,只是我们来来往往,看见钟表,
却极少看见黑暗。天空一角,一种无动于衷的寂静在下坠。

2009-12-30—2009-12-31

九
鞍山路上,世界在搬动自己的黑暗,
却不能阻止失望从街口席卷而来。
店铺关闭,像关闭一种生活,
时间拆开寒冷的信,怜悯自己的单薄。

两三个外省学生在争论友谊,那双
比夜晚还要羞涩的手,仿佛在打一副
冷漠的牌。失败者零落在地,等待一场
重新安排世界的地震,一次虚无的救赎。

那个在地铁里做梦的女人,被日历送往
匿名网站,或者市郊图书馆,毫无声息,
像渗进墙角的水。她正在失忆,正在擦去
对幻觉的爱,犹如每天清晨卸下被子里的方言。

然后继续穿梭在失眠症的地下,听着那首歌,
目光停落在玫瑰色胸衣广告上。
最后,需要把疲倦打包,坐上一面镜子访问自己,
在天堂,收集与爱有关的植物,和别人的面孔。

源自内心的痛苦漫过客厅,它不在记忆的
任何一个角落,只是在期待另一只手将它推醒。
但曲折的梦最怕被讲述,那温柔的部分,沉默
犹如书籍。露水是不速之客,清晨在修缮夜晚。

2010-1-22

十
希望,以最隐晦的速度逃走,如一名
负债者,熄灭了愤怒、羞涩和怜悯,
以及奢侈的夜晚。时间开始
溃败,就像午后一无所获的拾荒者。

"冷酷是借来的外套。"
对这个世界的恐惧,
使我站在了这里。
内部的风侵袭了一个春天。

疾病占据的形式,轻微
犹如尘土,犹如虚假的承诺,
强悍的痛苦抓伤了未来的日子,
让它们变得怯懦,睡梦一样脆弱。

曾经被珍视的肉体,正在丧失,
像逐渐隐退的潮汐,像悔恨与仇怨,
伴随着记忆,被日子耗尽,一片空白

躺在纸页的末尾,几乎忘却了死亡。

透过岁月,可以梦见几个名字,
它们散布着一种混沌,逐渐暗淡,
犹如黄昏,正在习得收敛的能力,
名字里的事物和肉体,再也没有爱与恐惧,
没有饥饿与羞愧,就像这条被不同政权
不断修改的街道,宁静犹如一块平原。

那么多谎言降落在清晨,
那么多误解出入房间与车站,我依然沉默,
习惯于懒散,对奇迹无动于衷。
对于这个世界,我仍然一无所知。

2010-2-18

十一
一种温度纠缠着,血液里的黑暗
是唯一可走的路途。冰凉的影子
却惊吓了客厅里一片清凉的天空。

到了夜晚的最深处,那些疼痛被一再遗忘,
在早晨逐渐变细,散开于春风,退回到
纯洁的齿间。街道太冷,太单纯,
并不能容纳我忧郁的眼神。只能偷偷吃冰,
阳光不多,这几口冰冷的孤独需要一个人消化。

别人的面孔是一笔还不清的账,多年来,
犹如一场最漆黑的雨,宽恕的入口。
一只被绝望淋湿的手,从背后抱过来,
一个习惯的动作,却碰到一阵战栗。
交谈是一块淤积着干旱的丘陵。语言
打下的死结,就像生物进化出来的基因,
艰难比一条河流还深,冷漠,犹如下雪。

人与人的对视,有时候,只是话语的对殴,
春天也无法擦去有人打在脸上的耻辱,
这是一种泪水洗不掉的丑陋,就像生活自身。
凋零的走廊上,堆满了误解的纸箱,
谨慎的风进进出出,因猜测而更加胆怯。

我缩到被子的另一个纬度,春天可以是
秋天,内心的声音是另一种呼吸,懒散的晨雾。
见识这么多生活,无非是要学会挤干
死亡的水分。爱是为了不爱。
相互怨恨,是为了让我们慢一点老去。

那么,离开和留下会一起落入床头的水杯,
拥有和丧失搅动着一种叫作自足的液体。
你现在的痛苦迟早会被颓败的身体赶上,
时间总会有事可干,让疲惫的夜晚更加疲惫,
以致麻木。入睡和醒来是同一个梦。
只有忘却。失去的一切,会变本加厉地回来。

至少,我还可以与某些事物相敬如宾。
我在交谈中添加黑暗,迫不及待地
从绝望的椅子上站起来,逐渐变成
今天的样子。那个闪耀的伤口终于懂得了沉默。

毫无病症的怜悯,比死亡还要根深蒂固,
这面孔背后的海水,是否荡漾得比另一个世界
更加不可捉摸。只是,我逐渐学会了从反面去生活。
一种可怕的人性,让我变得铁石心肠,又极其敏锐。
在日子的缝隙里,我仿佛听到别人的声音,刺破了
这个不可复制的夜晚,它寂静,但唆使我去复制自己。

2010-3-26

十二

我迫不及待地完成。从地平线返回,
背负着夜的寂静,那令人渴望的形式,
学习如何再一次进入生活。白昼永不消失,
就这样存在着,像自己一样盲目。

回到这张活下来的床,回到
食物的体内,一只钟在拒绝时间,
我看见日子裂开。但你和我的
痛楚之间,一场风暴被目光熄灭。

各自的宁静在风暴的中心完成。

我入住恐惧，敲开它的缺席，
丧失之风吹开了另一种呼吸。
那些记忆裸露在一个空洞的下午，

它们在用另一个声音说话，
走向野蛮，用借来的步子。
我逐渐变轻，但一个诺言回到我身上，
只要有一条缝隙，时间就不会自行消失。

不要在现实之外，搜寻一个句子。
语言就住在事物的脸上，它不是
藏于自身的杀手，事物在四周懒散地
走动，那些秘密，无异于桌上的点心和茶水。

"世界比我想象的还要突然。"
带着讯息，它失去了自己的影子，
变得短暂而迟缓，破碎在人群中，
使我更加惶惑。但我看见数个未来。

2010-4-10

褶皱书

一

收藏起声音。这些名字
和一个空洞的下午,来自沉默的影子,
它们逐渐稀薄,无法聚集在窗口。
窗子上,一小片孤独被生产,
时光在它身上打结,然后从咖啡中起飞,
栖止于女人的胸口,这是十年前
不再生长的岁月,渔网里溜走的一条银鱼
患上谎言症,懂得了权力的艺术,
在女人的腹部优雅地行动。忧伤迟迟不来。

出租车司机紧握着生活的手掌,与游客闲聊,
那是一片肿大的林荫,和密封的记忆,
半夜的欲望从霓虹灯中溢出,
没有人被拯救,懒散的星期天已经死于节日。
一个肥皂的节日,在家庭的摩擦中萎缩,
忧伤早已到来。我们已经长大,顺应了时钟,
学会了滥用语言:温柔犹如夜晚,粗暴犹如白昼。
"寂寞不可避免",仅有的秘密丢失在竞争的途中,
事物日益笨拙,尘世的反讽充满了门口。

二

高楼的阴影下,掩藏不住的贪婪不会毁坏
人类的孤独,只是把它挤压成寒冷,
取暖的地方早已被预订。人一度是孩子,
但手中的制度要求一个正当的位置,
那些迷途的灵魂在下车时,已经无法把握
自己的形象,只有继续走路,让疾病
在体内经营一家工厂。淤积在床上的误解,
早上没有醒来,每一个清晨拼命
壮大自己的思想,笼络别人的痛苦。

空气里缺少那高高在上的人、
控制不住的愉悦,或者天上的愠怒。
这时候,必须学会处理关系,倾听
一个人出门时的寂静,以及迎面走来的人。
内心的食物躺下,展开,变成一种生活。
播音员描述着一种冰凉的生活,
声音却大汗淋漓,夏天的炎症。
白昼的痛楚永不消失,靠变卖善意生活的人,
"透过时光,我猜到了"你内心紧锁的黑暗。

三

铺开一张纸,细微的褶皱里,历史漏出来,
角落里保存过去的目光,怜悯和愤怒的雨。

表达提前到来,甚至不能感知,但它必须

被刺破。没有疼痛,就没有闪现的过去。

尚未破碎时,完整是一张色情的脸。
故乡在雾中迷失了自己,永远是异乡。

"世界以恐怖玷污了我们的日子。"耳垂上的声音
滴落,尘世一点也不危险,只有心灵警惕纯洁。

但有两个人超越了空间,和细若游丝的羞涩,
虚无并未吞没两个身体,和房间里的橘子。

事物在夹缝中到来,宇宙偏离了中心,
命运挂在眼泪上,燃烧得讳莫如深。

笔直的天空,在瞳仁上弯曲,悖谬才是
真正的命运,而最终的悖谬是没有悖谬。

万物终有结局,却必须有所挽留,
它们消失的时刻葺入一小片灯光,初生的树冠。

"我们都不是那么乐观的人。"夜晚不喜欢
强制,它高傲、懒散,在露水中蜷起了自己。

四
但是,窗口的阳光并不平静,挣扎着
像一种古老的疯狂,舔着桌子上一只梦幻的水果。

来往的过客抢占了语言的客厅。一个简单的穿衣过程
被一再回放,真理会从腋下坠落,变成观众的智慧。

一颗稚嫩的行星在树叶间闪烁,敲打行人的脊背。
我们都是有限的人,在傍晚的弄堂里乘凉,隐秘接吻。

时代被谎言击碎。"那么多幽闭时代的幸存者"
涌上街头,秩序很不干净,携带了太多受伤的灰烬。

每个人用自己的唾沫,煮一种私人的快乐,
整个人间,要一遍遍删改,去除忧愁。

"从梦境中清醒过来,疯狂占据了世界。"
眼睑在哆嗦,梦的痕迹如此清晰,一张起皱的纸。

古老的预言占据了生命。有人会不再存在,
恐惧犹如邪恶的医术,躲进药方。我们尚未完成自己。

如何完成自己?时间,一条堵住的下水道,
生活的局限在暗处回流,灵魂的漏洞或许更加麻烦。

纸张打开了,身体也打开了,痛苦在所难免,
迫不得已地折叠一下,这些独一无二的痕迹,必须接受。

2009-5-10

叶小鸾
——致苏野，兼赠茱萸、叶丹

寂静，苏醒的修复术，异于别的寂静。
四边形的呼吸，锁住一株蜡梅。你变得温暖。

江南上空，一轮盗版的烈日，犹如证据，
在预告你的失败、孤独，和未被种植的春天。

一个声音，没有皱纹。在破败的影子上，
我试图取走你的轻盈，父母的惊异与虚构。

你已经返回庭院，那驱尽潮气的忍位。
回到破产的闺房，"比自己还要纯洁"。

几乎不知道另一种目光。借助一个名字，你入住
来世，击溃锈蚀的黑暗，就像拒绝婚姻的签证。

每天洗涤缠足的痛。那篱槿上的冰块，在你
视野内，像眼泪被运走。墨汁，书写的病肺，

俘获手臂，你并不拒绝疯狂，和酒精里的
喜剧。词语的囚徒，你的不幸，演习着强迫症。

在你的结构里，分布着无公害诗歌。从手指
开始的夜晚，在对楼守望，如超验的镇痛泵，

安抚在时间中叛乱的肉体。你使用，并舍弃，
建立黄昏的宗教。你嫌谶语不够，炉香拥挤。

朴素地上升，不需要另一个鼻子，嗅取胃里的梦境。
我们带来了二氧化硫。在危险的阴凉中，你返生。

2010-8-10　凌晨

书隐楼

在天灯弄,可以看见黑暗。被赋予的
形状锁闭着,大门面对迷失自己的人。
这些建筑,偶尔会被臭氧惊醒,
以另一种声音呼吸,一边堆积,
一边丧失,犹如体内倾斜的痛苦。

这是一段空旷的距离,无人值守。
在南市区,没有一个位置可以姑息。
秋天已被推迟,无人洞悉砖石的季节。
书籍,借用虚无的形式,在眺望人群。
我那么陌生,犹如一个错别字。

城市的腹部,超功利的建筑,
犹如暗疾,束缚在自身的命运里。
我无法进入它们锈蚀的后院,
也许,一棵梓树的鬼魂正在游荡,
于光阴的裂隙中,纠正钢铁的恐高症。

被翻刻的往事,在风雨中变成
一个灾难。我听见建筑失败的声音。
从此以后,聚敛与逃亡的技术
一蹶不振。所有权在融化。

伪造的名誉几经易手，接近透明。

在放弃谋反之际，事物抵达了本质，
那虚无的纬度。我一无所获，除了幻象。
一条敏感的弄堂在变形，如烈日下的豆荚。
门口榖树的果实，没有任何锋芒，
祖先的江山，获得了异常的宁静。

2010-9-10　凌晨

禁止入内

我被拒绝,因此完成了旅行。
安亭中学,在冰凉的口语中,募集专制。
我继续深入秋日,翻越陈旧的傍晚,
但无法确定,我是否真的来到了中心。

菩提寺,呼吸着,像废弃的防空洞。
日子,为何如此沉默,挂在横梁上,
陷入阴暗,如一只枯萎的蝙蝠,
正在寻找一个夜晚。城市清晰起来。

我在银杏树上如期找到了时间,
它们干燥,安静,命运从枝头滴落下来,
见证了那么多溃散。谎言批发商
在草坪上掘地三尺,仿佛不可击败。

我缓慢地走过陈家木桥,拉着一只
温暖的手,仿佛一名黑暗收集者,远道而来,
内心装满熟透的声音,等待被人清洗。
借助孕育已久的目光,我已经来到终点。

2010-10-19

赋形者
——致小跳跳

尝试过各种可能性之后,
你退入一个小镇。雨下得正是时候,
把事物收拢进轻盈的水雾。

度日是一门透明的艺术。你变得
如此谦逊,犹如戚浦塘,在光阴中
凝聚,学习如何检测黄昏的深度。

你出入生活,一切不可解释,从果园,
散步到牙医诊所,再驱车,停在小学门口,
几何学无法解析这条路线,它随时溢出。

鞋跟上不规则的梦境,也许有毒,
那些忧伤比泥土还要密集,但是你醒在
一个清晨,专心穿一只鞋子,

生活,犹如麦穗鱼,被你收服在
漆黑的内部。日复一日,你制造轻易的形式,
抵抗混乱,使生活有了寂静的形状。

我送来的秋天,被你种植在卧室里,

"返回内部才是救赎。"犹如柿子,
体内的变形使它走向另一种成熟。

2010-10-26

松鹤公园

在公园晦暗的内部,脚步苍老的速度
并不一样。那些低飞的星体,贴近地面,
在燃烧,人们视而不见。一种顽固的修辞
犹如谎言覆盖了铁栏。道路上没有呼吸。

午后,我漫步在空旷里。枯萎的寂静
落满一地。有人面对树木,剧烈抖动
灵魂。一个无法收服的躯体却正在离去。

一切将会终止,包括这湖水、雪松,
迟疑的大门正在关闭。一辆自行车
持续地停顿,石鹤消失于薄雾,
在凝视的过程中,我稀释了自己。

在湖边椅子上沉思,对面的烧烤店变得
多余。人们在公园里绕圈行走,澄净的秩序
溢出混沌的体臭,一枚空洞的松果落地。

我阅读,天空熄灭在纸上,我试图
在灰烬里搜寻星辰的残骸,在词语间
建立新的关系。随即,节奏被老人粗重的
咳嗽拆毁,手掌上的灰烬散去。我局促。

"人们有许多影子",而那个最隐晦的,
在我们体内略微卷起,犹如光阴的锋刃,它并不
害怕黄昏。我起身。离开,才是唯一的抵达。

2010-11-24

占雪师

终于,一种寒冷结束了自欺的午后,
它凝聚起来,为了澄清这个世界。
地平线在开裂,白色摧毁了坠落的方向,
迟疑着为寂静加速。雪被误解得很深。

改变形式,就是改变人们的目光。
但持续的丧失,让我对生活一无所知。
我在公交车站等待了一刻钟,雪独自
抵达夜晚的边境,另一种颜色在流亡。

一个女人正为摩托车座上的积雪塑形。
我没有上车,而转身嵌入空气中被掠夺的
部分,那里,遗忘占据了锋利的核心,
风似乎更清晰了,但是,那些记忆在冷却。

我加快脚步,一些背影被漆上虚无的颜色,
一名怀旧者终于来到了失败的边缘,
那是真实的,走马塘的水流被时间扭曲,
它就在桥下,但仿佛从未存在,就像记忆。

这个世界充满熟透的幻觉,于是
变得这么生疏。贫乏的汉语逡巡在街道,

地面节制,压低的伞使行人盲目,也许,
不该穿越这个夜晚,我已是另一个人。

2010—12—16

叠影仪

我醒来,窗口走进一个倾斜的白昼。
一群麻雀,在老人的驱赶下,从对面阳台
起飞,它们离去,从不关心我们
贫困的思想,却使我产生了预感。

拉上窗帘,让尘世变得更加愚蠢,我邀请
自己走入镜子。我已准备好一次毁灭。
荒芜正在溢出。站在寂静的对面,
我仿佛看到了残忍的生活。时间散落在地。

我一直试图超越,又一再返回。我在边界上
生活,犹如一个废墟。这个傍晚令人惊异,
受一首诗的驱使,我重新进入街道,
在菜场,遇见一股冰冷的甜蜜,仿佛
数个世纪的灰烬,塌陷于岁末的心脏。
一枚无法被时代消化的结石,停留在思想的
胆汁里,无法令空气中的影子宁静下来,
所谓牺牲,就是见证叠加在一起的疼痛。

2011-1-30

反讽街

战栗的正午,阳光畏葸于树下,
像一名乞者,露出惊异的目光,
树荫从陈旧的春天中散发出空洞,
我找到一种贫乏,神秘的秩序完整起来。

聒噪的鸟群已忘记交谈,此时,
静默显得更真实,我渴望一场风暴
袭击这条街道,揭示出它临时的欢愉,
直到春天坠入自身的否定,偶然的温度。

犹如削皮后的水果,丧失了约束,
但四处流溢的黑暗找到了自己的名字,
获得无常、失败,和最终的宁静。死亡
并不是一个句号,赠礼继续站在你的桌上。

街角被命运逼迫的建筑,最终被拆毁,
我流连于它们的废墟,仿佛一个清晨
随着甜蜜的空气而来,一名思乡的奴隶
成为内在的异乡人,犹如减刑后的囚徒。

已经习惯于被囚的处境了,但仍要
向内张望,索引不可见的事物,离开此地,

就是永远栖居于此地,穷尽它的可能性,
在瞬间抵达永恒,用清晰的绳子绑住混乱。

2011-2-22

不遇
　　——致陆忆敏

又一次消失,又一次低声尖叫,
在正午的风中,我似乎听到一种寂静。
红色建筑,被病人阅读,就像被预约的
拒绝。这么深,黑得可以看见身体里的血。

"我就通过透明,没有什么比这更使我为难。"
门关着,紧闭失败,电话也沉默了,
走廊里,走动着低声喘气的希望。
窗外,晾在阳台上的衣服,像一场骄傲的雪。

门帘有些邪恶,指示着可疑的空虚,仿佛
随时可以填满。沉默的舌头,安慰过一名诗人。
一个地址,枯萎在半路。信还在投递的途中。
裂帛之声传来,一辆出租车拦住了我的脚步。

一个被出租的请求,它严厉,在皮肤下
以三倍的温度沸腾。那群生动的人,影子
清晰,等待下一个日子。未被注册的孤独
降临到了一代人身上。可我们都不是病人。

医院的气息如此逼真,像一张催款单,

降临在手掌，划破的手指等待愈合，
绝对的疼痛从未被兑现，
就像绝对的爱，总是死在傲慢的急诊间。

2011-3-29

命名

旅行使我变得漫长,我试图传达黑暗的时刻,
它们却离我而去,如难产的燕子。
言辞的疾苦,毁坏了事物诞生时的快感。

小西街的瓦砾拼凑出夏天的精神分裂症。
历史再一次被推向了被告席,虚拟罪行,
我们已无法讨论未来,沮丧延伸,守着河边的弄堂。

假日既虚伪又富足,时光喧嚣,旅馆里
充满了声音。楼道加入了失眠的行列,
我需要描述高跟皮鞋的空洞,以获得安慰。

可是,在废墟上,我无权诋毁盗贼的残忍,
我并没有获得更为沉默的宁静,来化解
一块石头的傲慢,吞咽的流亡者,被口水绊住。

赋予一个名字,犹如接受一份赠礼,
失败者逐渐削弱自我,无形的经验开始
获得寂静的根系。蓄满的愤怒终于稀薄。

潜行于暗夜的城市,也来到自己的边界,
与荒野面对面,此时,才认清了速度。

我听着浴室的水声入睡,等待一个清晨使我醒来。

2011-4-30　半夜　湖州

鞍山路

如果鞍山路可以停顿下来,我将能见证
一个乖戾的时代如何在自身的恐惧中消失。
从菜场到地铁站,目光深不可测。口腹
与四肢为了命令而运行,在混沌中完成了一生。

一些尘世的皱纹从街角走来,它们卸去
责任,在尖叫声中拯救出一只零落的麻雀。
速度并未造就平衡,影子变得越来越无辜,
宿命的风在半路瓦解,遗忘迅速到来。

一辆自行车歇在骄傲的清晨,屏住呼吸,
持续地注视邪恶的天空,让它变得更加虚无。
我步行到维修店,试图将一阵作废的雨
带给修理师,他的江西口音露出了异乡的裂缝。

迷路的女人经过邮局,在薄雾中,懂得了顺从,
在熟悉的街区迷失自己,盲目的日子正形成秩序。
传单散布者将街上的空气收集起来,犹如收集
一个落日,事物终将失败,在黄昏中摔碎自己的历史。

我走过了超市,已经没什么可以失去,白昼变得
那么缓慢,每一个细节都充满矛盾,又那么有限。

经过时间的曝光,蛰居者看到了生活的负像。

临街的家具店、废品站,也显示出另一种生世。

2011-5-4

对岸

一棵树,隔着河流飘动,
另一些树折叠在沉默中。

只有风置身于自己的处境,
并规定了时间的速度。

那么,眺望是一只熄灭于闪电的
键盘,目光也打开了窗子。

树下的脸庞邀请我坐下来,
开始清理我眼中的粗粝。

夏天来了,空洞犹如凌晨的
公共汽车,黑暗已卸掉了愚蠢。

在沉默和沉默之间,河流响动,
于是,我找到了生命的限度。

2011-6-27

孟郊：仄步

我曾是危险的人，
如今却在人群之中。

我出行，溪涧突然进入冬天，
其实，时间已被我穿越。

一块沉积岩忍住悲伤，
我的日子没有未来。

醒来是为了睡去，长啸，
才能获得枯涩的寂静。

在干枯的歌行上独行。
小女在宜兴，是我理智的疾病。

每一个儿子的死增加着我的麻木，
我是一只研磨不幸的砚台。

我的笔墨越来越轻盈，
越来越懂得反讽和失败。

我终于成为政治的盗版商，否定的

教徒，命运比我更加古老。

我借助影子而生存，
一个生僻的词，如素冰裂开。

2011－7－27

赵孟頫：寓形

在山里，我复制秋天的空洞，
悲伤变得透明。

我进入了一个更大的秩序，
需要用未来代替一只耳朵。

我听到的却是眼前的快乐，和寂静。
形式离开我的嘴唇，
按照事物的重心，提炼言辞。

事业的闪电，受雇于
隐逸的慢性病，一切终将消散。

大地开始敞开，犹如我的出生。
都市却在关闭，人群
循环着自身，比黑夜更加迅疾。

我自愿囚禁于世俗，但无法久居于他乡，
此地不能锻造母亲子宫里的气候。

我写下的每一个字，都是虚掩的门，
它们模仿世界，就像我模仿别人的痛苦。

作为永远不能被遗忘的事物,
请后世的读者忘记它们的主人。

2011-9-16　凌晨

沈约：离群

那么多面具，
但我并不认识自己。

辞别的人极少返回，
他们缩小国土，
增殖寂静。

死者与日俱增，要求我悲悼，
我是储运死亡的中转站。
终于，悲痛教会了幸福的失败。

只有时代的戏剧，
才能清空欲望的内存。
为了存在，
我学习历史的裂缝与阴影。

骄傲，预存孤独。
我为之歌唱的人
曾与我处在同一个过程之中，
如今却支付敌意。

此刻，忧惧使我停顿下来。

政治是嫉妒的癌症，
我渴望回到死者的序列。

2011-10-12

榖树下

老人们,在修复身体的节奏。黄昏
落在椅子上,如一根拐杖滑向草丛。

每一棵树相邻于寂静。
黑暗训练着肉体的智慧。

一个偶然的自我释放出
各种悲观,使骄傲变得迟钝。

仿佛一只漂在水面的垃圾袋,
我正被环境逐渐吸收。

蚊子却纠正了我的幻觉。
它们是血液的敌人,生活的阴影。

即使如此,我不必怀疑秋天的衰败。
每一片树叶等待着被霜露撕下。

命运将自己固定在微卷的落叶之中。
缄默业已完成,并且逐渐溃散。

2011-10-17

勇气

终于,时光逐渐穿透了你,
它要求持续。而你正进入一种欢愉。

我的手停在你的体内,
渴望被记住。一次短暂的复现。

一个平淡的惊讶延续了那么多年。
忠实于相遇,你留下的声音催促着进入。

进入疯狂。窗子看着我们,骄傲
和突然的泪水,墙壁安静如往事。

哎呀声中,嘴唇上漏出一道萤光,
那是未来的减速器,暴露着明天的忧伤。

我们是两条贴近的鱼,叠加在一起,
我在你的旁边,让你看到了自己。

和解,需要巨大的勇气。
最终,幸福犹如黄昏覆盖在我们身上。

2011-10-19

姜夔：自倚

> 除了抱怨，我可以容纳一切事物。
> ——布罗茨基

我已厌倦了记忆。
未来的日子，我把你们
带到了冬天的深处。

我凝视过的废池覆盖了新雪。
道路变得越来越轻，
旅途清除了这么多的岁月。

废墟是我的前世。
国家正在成为一种熵，
我渴望停留于另一个城市。

每一个旅馆都积蓄着风暴，
一个女人改变了思念的秩序。
只有夜晚熟悉我的骄傲。

由于爱，我懂了书写孤独。
我被痛苦穿透，
已不知道悲伤为何物。

2011-12-24

那些年

那些年,已在黑夜深处丧失了名字,
它们分解如秋天的果实,我只找到一些衰败的影子。

这究竟是什么样的岁月,我们再也无法返回,
这样的苍白令我内疚,时间获胜了,我无权反对。

那时候,我们需要打开自己进入生活,
命运却超过了我们,禁止赎回那些沉默。

我们被迫改变,为了虚无的目的,
习惯了世上的尘土,而我几乎已经无法认出自己。

2012-1-13

吴文英：须断

这名字不是我的，也许，
是我体内的另一种虚无。

我目睹那些短暂的事物，
它们如加急的邮件，抵达门口。

极少的漫游，令我渴望停顿。
但日子在一天天减少。

女人在春天辞别，她仿佛知道，
只有缺失的才能被真正获得。

我的每一天都是末日，
房间里落满了阴郁的闪电。

可我在镜中创造句子，
它们有着光阴的节奏。

据说一个时代正在走向终结，但
我一无所知，只配看着行人老去。

在后世，我被遗忘

又被记起,这已经与我无关。

2012-3-1

北茶园

一个地址变得遥远,另一个地址
要求被记住。需经过多少次迁徙,
我才能回到家中,看见你饮水的姿势。

不过,一切令人欣慰,我们生活在
同一个世界,雾中的星期天总会到来,
口说的词语,不知道什么是毁坏。

每一次散步,道路更加清醒,
自我变得沉默,另一个我却发出了声音,
想到故乡就在这里,我驱散了街角的阴影。

"我用一生练习叫你的名字。"
下雨了,我若再多走一步,
世界就会打开自己,邀请我进入。

2012-6-8

闲谈

研究老人,比如性欲和自杀,礼物和
秩序。也许,我们并不相信
真的有傲慢。你看,时间只教会了顺从。

不过,这到底是平和,还是无奈的妥协?
命运如癌症迫使一个人努力变老,
是啊,窘迫的生存让一切变得多余。

不需要怜悯,我们无须变成自足的哀悼者,
只有彻底陷入生活,才触摸它残忍的裂隙。
请向自己问更多的问题,让生活超越我们。

此时,每一条微信都在怀疑自己,
尽管如此,我们不能失踪在希望的门口。
我愿意做一个熟睡的人,等待被阳光唤醒。

2012-6-13

杨浦公园,一块砌进湖堤的墓碑

ONNIG. B. SHAHBAGHLIAN ARMENIAN
(1920.9.25—1925.5.9)

我们的死者不住在这个国家
——他们多年来一直在旅行。
　　　——扎加耶夫斯基

这个城市接纳不了一次旅行,
激情被禁止。一场浩大的寂静。

就像这些菖蒲,它们从未迁移,
此刻只能与黄昏说话,逐渐进入黑暗。

这个孩子曾经活动于生命的疆域,如此短暂。
人们逝去,又回来,受雇于命运。

风从梧桐树叶间穿过,告别过去。
这些湖边的座椅会感到忧伤,它们不懂历史。

一块冷漠的石头,像世上的痛苦一样单纯,
随着谎言的展开,弄丢了住址。

你认不出这个时代，认不出它堕落的标志。
在劣质的歌曲中，这块墓碑是不道德的。

人工的湖水无法承纳生活的剧变，
它被清理得那么干净，没有一点绝望。

一对失魂落魄的恋人在幽暗的街上吃着烤肉，
人们慢慢走过，空气中的不安，像一只麻雀栖落。

2012-11-1

与郑小琼聊天

我们谈到一代人。问候重复了无数遍。
在冬天,像两个沉重的老人,减少热度。

我们付出了激情,却并没有获得未来。
傲慢,让我们加速进入尘土的序列。

理想得不到长久的宠爱,此刻,
我们只能服从于静默,并且带着执拗。

我们之间隔了两三个省份,
你经历了火焰,我学会了压缩愤怒。

我日益冷漠,而你依然那么谦逊。
我可以看见你同情的天赋。

人生来是为了一次漫长的告别,
于是,我们工作,生活,等待。

只有卑微的人们接纳了我们的眼泪,
最大的勇气是,在别人的羡慕中承认失败。

或者从自己的梦境之中走出来,

和烈日中的黑暗相遇,和危险相遇。

2012—12—2

空栅栏

> 漫游,寻找那唯一真诚的人。
> ——希尼

椅子是空着的,却如此安静。
抽水马桶循环空洞的希望,
误解随之而来。一切事物
都是被给予的,而我们不愿顺从。

房间里的翻译者渴望得到爱抚,
而内心的幻觉盛大,如阴影挡住了门口,
乌鸦的叫声掘开一个封闭的异乡,
言辞并不多余,不能由沉默代替。

于是,常被陌生人感动,是多么稀少。
深冬的落叶,已决心面对终点,
冷杉丛小区深处,亮着几盏灯,仿佛一些邀请。
一个灵魂,跨越黑暗,才能取消盲目。

2012-12-29 冷杉丛(Tannenbush),德国波恩

炎症

我离开嘈杂的大门,
会遭遇什么?

疾病入侵喉咙,
像闪电撕裂了谎言,
沉默开始了,我听见别人在说话。

其实,看不见什么面容,
人如此盲目,
假如,目光从不凝视缺席的事物。

工人们身穿黄色工作服,
在教堂前,切割着一株冷杉,
用电锯摧毁了一个约定。

只在一夜之间,
无处不在的黑暗,像树干一样被拆开,
错乱地放置在一起。

我的喉咙,在疼痛的时候,
突然走到了人们的背后,
听见均匀的呼吸

在数着阳光。

2013-1-27　波恩

云
——给金霁雯

苍老的楼群昏昏欲睡,
楼上,几个小孩子在吵闹,
这个世界毫无激情,我们却在忍受。

你说你要远行,并没有挥手,
离别就发生在空气之中,
仿佛我们的生活是在招募免费的乘客。

并非一切都消失于夜幕,
那些界限,爱,仇恨,不能实现的梦,
急剧地兑现,并且,不断借用绝望来呼吸。

无数人从不相遇,就像昨天和今天的云,
但它们处于同一个天空,
想到这里,我获得了一些安慰。

即将离去的人,并不随波逐流。
也许,你只是活在了距离之中,
是的,总有人会代替我去造访异乡。

是的,总有更多艰难的秘密

需要去领悟,需要支付未来的激情,
迫使我们像云一样流转,变形,消失。

2013-3-9　波恩

失踪者素描

一

随着寒冷,他漫游到了这里,
他试图完成生活的训练,每天注视
无叶的树。突然间,他忘记了
来时的路程,与寂静住在一起。

他不知道,是谁把他派遣到了这里,
人们经历着不幸,竟然如此专注。
逃离是不可能的,勇气也还不够,
花了那么多年,他终于爱上生活的丑陋。

房间里的沉默,已无法应付警醒的白昼,
空气中充满力量。地平线在远处守候。
那永远的休憩近在咫尺,又遥不可及,
逐渐地,他放松了肌肉,等待命运的注射器。

二

必须醒着走路,必须安全回家,
他通过为自负的人铺设的幽暗之路。
那些正在等待的,是亲人,也是敌人。
房间的门反锁了。人们需要存储秘密。

他的身体中转了那么多痛苦，
但他不能炫耀，他微笑，去郊外散步。
当然，有时怯懦使他无所适从，
在惊恐的片刻，他也曾迷失自己。

那些封闭的人怎能看到他收集裂隙的时刻，
他们拍掉身上的尘土，却拍不掉愚蠢。
每个人的羞耻和嫉妒竟然如此相似，
在人们的眼神中，他看到了脆弱和无知。

三
他呼吸空气，每一天都在接受馈赠。
于是，他看到孩子们在庭院中嬉戏，
没有课程教他们大笑、呼喊、抢夺玩具，
他们却那么快就和欲望结合在了一起。

一出生就被赋予记忆，于是，他越来越
怀疑自我。诽谤者只知道满足。然而，
谦逊并不像开灯那样容易，开启即关闭，
我们知道，恋爱的人竟无法相互原谅。

他试图进入生活，试图原谅自私的人们，
血液中那恐惧的滤纸不能阻止希望渗入。
再冷漠的目光也要融化在客厅之中，
那里充满了问候、椅子、鲜花和餐具。

他多么渴望相似于每一个被困在世上的人。

2013-4-12—2013-4-13　波恩

迁移

我几乎爱上了这个地址，
但我知道，
痛苦如此精确，
裁剪出那么多疲惫的岛屿。

路边的旅馆教会你沉默，
就像一滴落入裂缝的水。
无尽的漂流，
每一个地址都偏移燕子的到访。

那些树，多么奇异，
生长在秋冬的空气里，
在同一个地方领受回去的路。

一个囚禁于生活的人，
被遣送到了希望的边缘，
依然试图醒来。
在星期一的下午，
在一条陌生的路上，
受雇于残缺的影子，
看见另一条街在等待，
"难道你不应游憩于那里？"

2013-12-3

滞留者素描

飘蓬忽经旬,今此又留滞。
　　　　——余怀

一
在雾霾中,他走过一片街区,
国定支路像一个忍受着沉默的岛屿,
菜场的叫卖声加速了他的飘移。

散步犹如一场收集误解的旅行,
他醒来,脚上踢着
疑惑的落叶,在歧义中徘徊。

初冬的树叶已被装载,而骄傲
使垃圾车失去了平衡,
他一边走一边低语:"是我。"

这两个字消失于汽车的鸣声中。
他走入暮霭深处,一阵刺痛
找到了他,寒冷在加重。

二
接受一场失败。窗子关闭着,

提防着浑浊的寒冷,
但是无法抵挡屋内逐渐增加的黑暗。

他几乎不能认出自己,
然而在行人的脸上,他看见
无从兑现的乡愁。"这就是我。"

一个偶然的自我,在这条路上
花掉唯一的十分钟,在思考的
片刻,云朵已越过这片街区。

他回到这里,每一次呼吸
与另一些生命分享着同一个节奏,
隔街的遥望减轻了他内心的恐惧。

2013-12-19

界限

散步是一种纳入,人们在噪声中
沉默。街道沉睡,一丝疑惑的力量
缠绕在黄昏的树上。微胖的妇女
在一辆逆行的自行车旁跳开,咒骂了几句。

相遇在吃地沟油的人群里,
从烤肉摊走到杂货铺,有点遥远。
我们中间,谁可以拥有这个黄昏?
脚步迷茫,测量出新鲜的二氧化硫。

急促的汽车鸣声,淹没了
被方言羁绊的普通话。这就是生活的重力。
女学生、美容师和下班的白领们
低头恳求着手机。雾霾如此沉重。

2014-1-25

夜隐者
　　——给黄丽霞

密集的雨迫使我们凝神,
一只鼠标以全部的寂静见证着。

下班回家的人们卸下了冰凉,
做完爱,在被中陷入各自的晦暗。

失眠者正编织另一种呼吸,
在例外中醒着,无处可逃,如陈旧的樟树。

而我们只能在雾霾中认清面孔,
听见那一句危险的嘟囔。

2014-5-20

国定支路

突如其来的洪水
淹没了卧室。我来到街上。
到处是锈蚀的招牌,咿呀作响的人群,
丁字路口,漂浮着的干燥
阻塞了应答。世界在变。

在收紧,空气凝聚成颤瑟的时间。
斑鸠飞落街边的草丛,搜寻
将人们联系起来的河流。

终究不可能。城市在变。
小区单薄,人们的肺叶习惯了下坠的雾。
那是一个未醒的早晨,一条锁闭的路。

继续延展。在自己的湖里泅渡,
对岸在一句呐喊中融化,
接纳了那些无所适从的人。

仿佛消失了一样,理发店里散发出
寂静。我眺望,试图挽留昨夜的风暴。
那摧枯拉朽的孤独,打开了一个日子。

2014-6-5

祖母：寂静的人

村庄如此荒凉，人们外出上班，
唯有老人留在屋檐下，竹椅是唯一的
侣伴。祖母在黑漆漆的屋内念经，宁静
一如东升浜的湖面。她一字不识，吝啬于
每一粒米，不知激情为何物，也不懂得
炫耀。生活的纹理在身上悉数展开，
并收拢成清晰的皱纹和银发。每天，
借助拐杖，她丈量着光阴的密度，
日子沉默，像运河边的桑树。她从不
远行，常常告诫我不要眷恋异乡，言语委婉。
与河埠头朽坏的榖树一样，她没有故乡。

2014-9-20

小区楼下的一株蜀葵

此刻,生命只是恐惧,
在秋风中变得小心翼翼,
可我拍摄过它,与它的寂静相遇。

在破椅子的承诺中,
老人们谈论着菜价和子女,
时光的充电器,补充着伦理的电压。

那个可能遭遇车祸的中年男人,
拄着拐杖,凹陷的脑壳是一个寓言。
他来回走在楼下,有时与我交换眼神,
他是否越过了深渊,修复了欲望的数据线。

可怜的身体,必须忍受裂痕,
在清晨信任浓艳的花朵,
黄昏信任变质的记忆,
每个人灵魂的减法相互模仿。

对面楼里的女疯子大声呼叫,
使你意义的打卡机失灵了片刻。
蜀葵已缺席,从过去借来疑惑的影子。

2014—10—17

安顺路

入夜的街道打着哈欠,
他走在五金店门口,一语不发。
飞鸟并未如期出现在云端。
他停顿于楼梯口,丧失了激情。
小区门卫缩在大衣里,
眼神并不怎么信任这个迁徙者。
冬天命令柳树落下叶子,
阳光有点司空见惯。他穿着
薄底皮鞋,膝盖冻得疼痛,
内心所欠缺的部分却更加突出。
一张新床将要迎接这具肉体,
还好,他无须喝下一夜的风,
日子在进门时就重新开始了。
此刻,他只想飘到黑暗的中心,
吃下几只冰凉的柑橘,那是
长沙的友人刚刚寄到的醉意。
好几次,携带着透明的忧郁,
从捡破烂的老夫妇旁走过,
一捆捆废纸板如此整饬,
仿佛夹着他隔夜的苦楚。
更多的老人在卫生站里量血压,
会心于死亡的迟缓。

梧桐树与他交换静默。
耻辱会让人们懂得如何去爱吗？
钥匙显得憔悴，可透过窗，
他每天呼吸着公共的谎言，
煮过的牛奶里有着陌生的焦虑，
和每况愈下的自我审视。
今天，他在雾霾中代替人们坐愁，
这么多陌生人，已亲自来到了
公寓，看电视，睡觉，明天需要早起。

2014-11-11

迟疑的人

火车即将停靠在杭州东站,我试图
搀扶一个蹲在门口的女人,她在忍痛等待。
身体就是宿命,我们的限度全在里面,
可是此刻,她只需要一双手,或一粒药?
或者躺下?一个中年男人提着大行李箱,
与我一样立在原地不动。两个少女
窃窃私语,也许出于恐惧?我掏出手机,
屏幕闪亮,照射出我对外部的疑虑,
多么笨拙的舌头,不,多么笨拙的手脚。
我用咳嗽让自己的心跳减速。女乘务员
代替我扶起了你。长发下面,你的脸部抽搐,
不知道是疾病,还是内心的痛苦缠缚了你。
我缓缓下车,想起一成不变的生活,
我知道不可能再次见到你,一股冰冷的空气
在肺里停留了片刻。我们有多少瞬间
可以改变自己,减少体内的贫困?
像一次离别,我回头望你,女乘务员已
将你交给了车站的警务员,然后退回了
车门内。在目光中,我与你挥手道别,思考着
沉默的意义。有时候,这个世界并不是
我的,当然也不是你的。我们之间隔着
一条蓝色的深渊,浩瀚如一场大雪。这个

冬天的下午，我体内的疼痛变得晶莹，
像海边的晨曦使我透彻。然后，我要
刷票出站了，那些小旅馆的黄牛们正在拉扯，
我又一次变得冷漠，急于走到人群中去。

2014—11—20

陈旧的人

到了早晨,就应该学会去开始。
可是,在地铁里,那些男男女女
在手机里输入普通话,脸上的
敷腴之色滴着露水,清夜的忧郁
并未涤除多少。玻璃上的身形
叠加着别人的身形。他们还能相遇?

出站口,冬天骄傲如空白。
我在黄浦区寻找一些不幸的人,
墙壁里的砖头记录着失败,我需要
一切深入幽暗的记录,让我走路时
抬起头,看见人们不可原谅的迟疑。

然后,回到出租屋,继续练习静默。
我的肉体不新鲜,买菜,做饭,
散步,呼吸汽车尾气,我要装出
忙碌的样子,吃一只干瘪的苹果,
将各种证书的复印件不断地变换顺序。

每次总是记得与眼镜店门口的松狮狗
交换痛苦,可是它一点也不痛苦,
也没有人质疑它的懒散。经过美容店、

社区医院和房产中介,我触及了
爱的粗粝。不过,生活只知道少许绝望。

2014-12-28

渊默的人

夜深了,地铁十一号线还在行走,
向着郊区,那里灯光稀疏而人群繁忙。
一个守望的人,并没有错过蔬菜状的
毛绒玩具,以及爆米花,它们又出现了,
却不能一再逗留,可是,谁也无从指责。

前进,或者后退,夜色不会改变自己的
晦暗。出站口的摩托车等着接送懒散的人,
街对面的烧烤摊烟雾正浓,生活就这样展开着,
人们在肺里交换有限的空气,就像激情消逝,
教会了人们如何亦步亦趋。醒来是一件艰难之事。

穿过沪西校区,废弃的校办工厂轻轻呼应着
过往的脚步。倒闭的面包店隐藏在沉静之中。
与匆匆归家的女人交换眼神,但不能交换匮乏,
整个的过去让我来到了这里,背了一天的伞,
没有遇到一滴雨水,一名欲念的囚徒踌躇再三。

那些起皱的树恢复了繁密,这些天几乎
一成不变,迟缓的枝头不可能遇见意外。
电瓶车的灯光裁剪出一对男女的身影,
那谨慎的人,必能看见每一张恋慕的面孔。

夜深了，一个不可复制的日子，正在结束。

2015-6-10

夏至
——悼祖母

突然,你病危,身上的枯萎已是最盛,
黑夜正在带走你,进入尘土的静默。
以后我回到村子,只能走出无漆的门外,
问候每一株桑树、河埠上的每一块石头,
你曾经日复一日地经过它们,背对它们。

我继承了失落,被这,这空荡荡的乡村拒绝,
人们栖居在一处,却各自怀疑而尖刻。
你来到这里,是为了让子孙们冷漠地
忙碌于运河两岸,然后被遗弃在砖瓦房
阴暗的深处,守护着小心翼翼的食欲。

贫穷让你斤斤计较,但不知道如何去仇恨。
此时的榖树正值繁茂,儿子们为你守夜,
而我坐在电脑前,望向窗外微暗的天空。
我身上流着你的血液,而你长寿的寂寞
还要在江南平原上存在下去,像那条河流。

2015-6-23

任性的人

窗外是城市,释放着争执的夜。初夏的薄雾
被吸入每一个人的肺部,它不懂得什么差别。
有时候我们只是忘记了:我们,来自不同的省份,
微凉的风,到底是无法修复身体与身体之间的裂缝。

口音中的方言醒着,未闭合的铝合金窗醒着,
镜子在诉说着容忍,试图翻译人们的无知与傲慢,
桃浦西路已经认识了我,静默的大门却上着锁。
近处的桃浦河并不渴望什么,然而它醒着,醒着。

楼上,两个从不失眠的人促膝长谈,彻夜。
不为什么。大多数人活着,有时相互取悦,
有时相互伤害,于是,肉体醒来又睡去。
只有一封未拆的信,才能够守护那一团晦暗。

2016-6-15 凌晨

翻译

追忆世上事,束教已自拘。
　　　　　　——鲍照

这些树,这些香樟、蜡梅,干枯的石榴,
战栗在悔吝之雨中。一切始于
向外的欲念。记住,那不是一场旅行。

思念在枝头凝聚为沉默,记住,那是不
自拘。有人站在地铁口,忧虞无法让他容身,
在这充满约束的风里,道路不能被修改。

真的,那不是旁观,寒冷自领口入侵,
而人们在学习,学习眺望别人的生活。
记住,虚构出幸福,我们才收获了痛苦。

苦于泅渡,在乏味的午后,记住,
那就是人世。路灯剪裁出路人的影子。
在敞开的雾霾里,那不是离去,是重逢。

2017-1-19

同里光阴

河流是无尽的,承纳了午后的暴雨,
积蓄迟来的荫凉。在虚掩之门内,
木樨、朴树、白皮松无需求助鸠匠,
念及薄雾和岁月,它们长得如此高古。

而果实和枝叶,在镜中零落,园内
退思的官吏,倾听过池里浮动的林木。
理水源于遗忘,那悦耳的反倒是
无形的丝竹,是他人之爱,是那些

停止生长的紫石。园囿渴求宿命,
台阶守护着一次次停泊。迟暮的旧宅
却从未起身,从未哀戚,唯有闺秀
禁锢于阁楼,一边观看,一边创造。

练习静默,伶人编织声音,直至清癯的
墙月满足于悬停,我们终于认出了彼此。
而今,游人们步入疏影,遭遇了戏台,
体内的一个古渡,以及复刻离别的亭榭。

那些季风吹拂的里弄不会被移到别处。
也许是为了遨游,老人们寂坐,一点也不

在意春秋的更替,只在茶水中,了然于
如何消失。覆水椽支起的虚空变得满盈。

2017-8-6　丽则女学

在平昌

影子也在倾听。目光不多。
我们旅行,道路迟疑,
可以望见海,于是就有了
鲸鱼的踪迹。只需要听着,
昼影成双,在治愈。
那唯一的绝对,那嫉恨,
那爱,都比不过山坡上的草
在冷风中等待雪。
静默的绿色,只用了片刻,
就让云朵认出了陌生人,
人们交换着同一种空气。
那蓝,那奇异的红,
那隐匿的幽冥,在山顶。
听吧,一条深渊在收缩,
昏黄的植物产生了秩序,
榛子坠落,游人站成了一排,
摇曳,在危险的午后,
仿佛恳求着天空只降下雨水。
暮槿也歌唱,镜子在倾听。

2017-9-18

临津阁,韩朝边境南侧

> 你向我承诺不再会有战争。
> ——耶胡达·阿米亥

大海在何处?烟霾在何处?
群山低陷,模仿着对峙,
跨过去,就是另一种声音。
从尽头到尽头。孤独的人
在搜寻恋人。草坪倾斜,
冷杉在远眺,仿佛一切停息。
道路分岔。据说,导弹
掠过了云层,而黄昏酝酿着蜜。
在最后一天,我们种上苹果树。

2017-10-3

抒情

假如一个人开始恨他所爱的对象,于是他对它的爱便完全消逝了。

——斯宾诺莎

桃浦河的宽度并非一目了然,
在浑浊的水中,我想要看见
仇恨栖身于何处,有着何种阴影。

捕鱼人的咒骂那么清澈,仿佛是另一个人的。
那几棵梧桐落满了灰尘。我看见。
黑鱼,桃浦西路,武威东路,都很遥远。

我看见。不,我听见。寒阴变得稀薄。
树枝上的霜迅速消失。那个煤气站被拆了。
阴霾中渗透出阳光,我想听见一个人走过。

2017-12-3

碧山村

> 爱一切提升我的事物。
> ——雷蒙德·卡佛

火车并不知晓溪水的温度。
我在他乡渴望什么？一个不完全的人？

雪先于我抵达。可我厌倦了旅行。
到了日暮时分，徽墨色的乡愁得到了更新？

一个不完全绝望的人，凝视着一枝
插在瓮中的蜡梅。空气是骄傲的。

寒冷蔓延。人烟稀少的村子仿佛在
虚构中。楼梯口是一个不完全去爱的人。

2018-1-29

约束

止步在运河岸边,那些柳树
在根部贮存寒冷。风从化工厂
吹来,黄昏是必要的时刻。

人,不同于县道上的车辆,
记忆囚缚在泥土深处,
辞乡,却从未抵达孟溪那边。

那界限比天空更为清澈,
榖树嗟叹着,父亲的酒,
母亲的电瓶车,重复于每一天。

2018-2-18 东升浜

茅家埠

雨水落在湖面,落在上香古道,
落在行色匆匆去往菜场的那个人身上。

雨水被公交车碾过,依然在流淌。
我和女儿在靠窗的位子取得了默契。妻子在旅馆。

所有的人都不认识。有人问路。我们只熟悉
从上海一路带来的伞,湖边的柳树、水杉、

梅树和麦冬。野鸭们渡水,又渡水。
我们爱这雨滴,爱这湿漉漉的栈道和树枝。

湖上的寒冷没有什么暗示,女儿摘着
麦冬的蓝色果子,在认识一个巨大的世界。

2018-2-23　西湖

怜悯

渴翼失去,在清晨的风中,
在摇颤的樟树下,这微暗的光
裸露有限的事物,进入旧时日。

有人离去,如一朵怀恨的云,
飘散,哀泣,出租房盈满了
晦暗的蜂蜜。约束形式,创造

虚无。这千篇一律的爱,
比杯中的水更轻。相遇,只是变形,
两片风留在了两个街区,身体不动。

2018-3-20

敷腴的人

谦逊是只做使人喜悦之事而不做使人不快之事的欲望。

——斯宾诺莎

春天必须降落。一年蓬、诸葛菜、
蒲公英、黄鹌菜、酢浆草,使人愉悦。
在风中,樟树闪烁着一个绿色的海。
有人曾坐车跨过江水,又从车站离开。
没人怜悯他的错误。珊瑚树最终要生长。
生长成一扇门,微微颤动的门,
向着对岸默不作声。激情在独断的人身上蔓延。
干燥的木板喋喋不休。台阶喋喋不休。
蛇莓喋喋不休。江水浑浊,时间不够,
那是跨不过去的界线。逡巡者捡起了石头,
那一片让人不快的叶子,在障碍中跌落。
阻隔的人,在过江大桥上望到一个城市,
对岸的雾让人不快。巷子、柳絮和榆钱让人不快。
哦,那一次傲慢的喜悦。律法低吟着不能。
下一次,下一次,春天依然这么降落。然而不能。

2018-4-11

那明亮的
　　——给张慧君

远来的一阵风,足以使人壮大。
嶙峋的枝叶持续着,为了
挽回一个秋天。有人在谛视。

你的言语,我无力回答,
我继续沉默,一如夜晚,
让目光降落在伦理深处。

那明亮的。

它足以使我壮大。让我敞开,又封闭。

这里,一个轻盈的白昼。

2018-9-12

嬗变
　　——给李卉

等到梧桐树叶像人群拥挤在街上，
围观一个突然的事件，空气就变了。

大吴风草依然阔大而绿，犬儒得十分
安宁。温顺的海水里，看不见未来。

一个日子起皱，只需要一些风，阴冷，
一些飘着橘香的风。吱吱作响。

赤胫散叶上的斑点不规则如二维码。
来一点勇气，迷失在跨省的雾霾里。

我厌倦了旅行，而道路不断来到脚下。
我习惯了索寞，而热情总是站在门口。

遗凉锁住了天空。地铁口，一个渴望爱
而内心抑郁的人，制造着不可能的愿望。

剥开的包裹望着他人。是一次断裂吗？
落魄而归的证人，学会了飞行，借助于

一只内省的铁鸟。一切都变了,水,空气。
那么多缺席构成了我,而你拥有了它们。

2018-12-13　上海—西宁班机上

距离

假装一个人不在这里,
年纪轻轻,就像狗走出深夜,
嗅着早春的地铁站,
进入仇恨的序列。

这么多树叶,没有一片不贪婪,
逼迫对面的人长成它的样子。
我渗透进一只杯子,丧失
热度,具有了圆柱的容止。

在出口,在桌面,在数学的
误解中,一个人渐行渐远。
有限的天空落下了无限的倒影,
在自我的慷慨里,眼睛分泌着盐。

2019-3-6

横桥锁溪

雨中走过街角,只为栖居,和偷懒。
在浊世,端起一只瓷碗,推开洗洁精,
我们吃过的葡萄变成了海和夏天。

守着迁徙,试图成为善人,
成为不再移动的信号塔,
溪水追逐溪水,鹅卵石便是时间的暗影。

手机和手指匹配得天衣无缝。
在宇宙深处,我们初学一次停顿。

快来,这无礼的炎热,我们需要静默。
入眠前,荧光晃动,我们尽心孟浪,
对辐射视而不见,床一点点变得辽阔。

一座桥横跨在开端上,我们的生活
似断非断。我们习惯了浪费,删除了灾祸。

2019-5-27

仿佛

想起黄桃和山竹上市已久,
走在人群里,
腹部右侧竟然隐隐作痛,
我,仿佛多了一次
占有自己的机会。
仿佛,抄电表的不请自来,
仿佛,初恋不告而别,
仿佛,我的体内不拥挤,
仿佛,台风像是雪夜访戴,
而友谊成为微醺的呼吸。

查出了胆囊息肉,
医生轻描淡写,犹如方言不痛不痒。
路口的风有些平静,
我继续回家,身体先于我,
尝到了夏日的甜蜜,
仿佛残酒在夜肆上等候开怀。

快递如期敲响了门,
汗臭飘进来,掺杂着炎热的故事,
皮肤上的黝黑从不是目的,
尽管日复一日的到访,

让枯燥的人生发出了响动。
对门的大学生总是紧闭在梦里,
一张白纸写着"请随时关门",
是关闭他人,还是关闭自己?
死水微澜的日子,如影随形,
守候着楼道,如厌倦,如外卖,
随时要侵袭我们互看的目光,
掠夺人们舌尖的果香和沉醉。

人们拌嘴,刹车一样频繁。
人们拥抱,想要不辜负。
人们彼此孤零,又融合,
忘掉了菜场和超市的差别,
仿佛这就是活着的次第。
毕竟从彰武路到鞍山路,
不得不经过阜新路或铁岭路。
于是,
叮咚买菜平息了人们的怨怒。

人们减少出门,
为了彼此撞击和打磨,
就像房东和房客,
就像滴滴司机和下单的女职员,
就像情人和情人,
就像所思不远的两个器官。
一些银发老人对坐在小区铁门口,

删选着的人情和世故，
他们热爱余生，和路边的树影，
他们看着那位中年妇女拎着菜回来，
仿佛见她买回了圆润的薄雾，
生活有了重影，如玉如兰，
目送自己去维系交情和黄昏，在仿佛里。

就这样，我拥有了仿佛的人生。

2019—7—10

远眺大海光明的水面

我们在眉宇间对称。
岛屿间幽蓝在传递深渊,
至暗时刻,人们飘荡在风里,
就像麻袋呼呼作响,
却听不见彼此的哀伤。
海水注入我们的灵魂,凝聚为沉默,
每个人的眼睛反射着自爱。
深邃的争执。深邃的不争执。
我们在海面上宽恕了几道裂缝,
深流涤荡尽草木间的错会。
唯有玄鹤衔珠而飞。
那耀眼的、在海面蠢蠢欲动的鹤,
敲碎一个满是口角的季节,
让老灵魂遇见新灵魂,
固执地抛出一个个早晨,
等待光把我们变得透明。
巨浪开始远眺岩丛里的是非,
手指长出旋涡,成为倾听他者的耳朵。
我们终于愿意敞开,
芬芳如刚刚剥开的橘子。

2019-7-20 北京

勇兴杂货铺兼快递站

入夏后,杂货铺变得鲜艳,
我报单号,女店主从隔板后面探出头,
像一只惊惶的海鸥,从疾风中停落。
让鞍山八村漂浮起来的,
正是热浪,越过了物流的礁石,
轻轻拍打这一个又一个夏日。
多么丰盈的季节,不能被归纳。
电焊工买烟,带来一团粗粝的影子,
她就弯腰涌入柜台,结实的手掌停在红双喜上。
香烟的重量碰到玻璃台面,
如中产阶级发出了叹息,
骄傲的体味,正形成一个免疫共同体。
无中心。无恐惧。无赞颂。无人。
只有何君莲、赵萝蕤、郑金娥,
在抹香鲸吞食月亮的海平面,
在数字的后窗,我每每见到那么多完整的身躯。
一阵电瓶车喇叭声,比手指有力。
彰武路和铁岭路伸展着困倦,
深深的邮局,摇曳的沙县小吃,
低调的厝内小眷村,还有同济迎宾馆,
在编织原创的生活,不紧不慢,练习着海的从容。
一群流畅的燕子,划过草叶的锋刃,

为了真实,不去巢筑一个降低的尘世。
快递源源涌入,像积了一夜的水潭,
泥泞里,女店主转身督促儿子做作业,
两鬓吴霜,记忆和未来,一对日光中闪烁的耳坠。
两个调皮的儿子,一个寡言的丈夫,三种贤惠。
隔间里的厨房,油腻阴暗,欲望滞留于何处?
法国梧桐落下的绒毛,比劳动更轻,
她身材矮小,允许噪声任意经过,
面容有些羞涩,客气时显得扭捏,
她在账簿上记录下手机尾号、日期,和门牌号,
将数字铭写在飘着外省口音的海岸线上。
此刻,此地。灼热的海,溢出一丝丝潜能。
平凡的鱼群有些乱码,
被公交车一阵碾压,化作流言真实了证券所,
而蜚语变身桂树,抖落了一身的诋毁。
对车上乘客而言,这店面只不过
是路人的手机屏幕。对我,它是溪流。
一条贴着街边曲折的溪流,堰塞处有我
隔夜的、滞留数日的快递,也有我的迟疑。
唯一的渐屈线。千转百回的注视,
让人群有了形状、次序,和热情。
火车托运寄来的信任。街道足够多汁,
向她移动着味蕾。她被对街的笑声转移了注意。
拉面店门口,两个化隆小孩在嬉戏,
将异乡骑成了一匹塑料木马。
在黝黑和结实面前,夏日无名地起伏,

我的生活找不到对称，我的身体触及一种空洞的亏欠。

2019-8-3

灾人

如果我们说话,多种气候在身上凝聚,
温度和压强日积月累,生长出了呼吸。
星辰随之变色,舌头听从于一个命令,
云端的桌椅颤抖了,窗户嘶嘶作响,
我们说着各自的记忆,拼音和副词
穿过血管,遇到神经元一跃而起,
我们指责对方的不是,词的灰烬却
落在了自己腹内,微微喘息。水杯
在桌子上轻盈晃动,手机沉默不语。

锋面上暴雨如注。我们看到了一个个缺口,
幽暗如恨。我们却在恐惧中美化了自己。
去成为柔软的绳墨?冰箱低诉着孤弱,
菜蔬、水果、冷饮、虾肉为何来到了这里?
许身于凝固的日常,望着走动的人们兴叹。
爱的脉络运行于误解的肌肉里,我们熟知
褶皱,也尝过连夜的寂寞。每一句话
无意间就掀起了风雨。那么,为了爱,我们
一遍遍练习,如何去寂静,平息体内的气候。

而这是不可能的。

2019-8-8

台风利奇马

一个声音在行走,
威胁着浓度不一的生活,
我们惧怕幽暗的水,
樟树封闭起来,跃出了自己的性别,
我们的镜子反复摇曳、变凉。
那声音催促我堕入记忆的胃,
泡桐树倾倒进胃酸,
蓝鲸拍打着巨浪,仿佛熟悉了消逝,
却仍要吞没一条条道路,
起点和尽头都飘荡在风雨里。
浴室里波澜四起,卧室屏声凝息,
我凝聚——妻子和女儿相互释放,
窗口,杭州湾在盘旋,切近而悲伤。
此刻,我仍然把自己压缩为一个谜语,
去听听刘晶和胡其蓁身上的戒备和空旷。

2019-8-10

外祖母：煎熬的人

这不是夜晚。
我告诉你："阿婆，我来了。"
阿丽表姐说："阿娘，你放心去吧，
儿子女儿、下小子都齐了，
赶上国庆节，都来了。"
我知道，除了佳敏。
我的表妹学会了冷漠。
她怨恨着这些春天，这些道路，
这些我舅母离家出走的时日，
和我舅舅的坏脾气。
屋外，桑树地正在收紧一个清晨。

这不是电视。
节日典礼分散了大家的注意力。
眼泪并不多，我们在煎熬。
人世很长，我们各忙各的，
一个伦理的海，在邻舍间翻滚。
抽烟，嗑瓜子，看电视，跪了几次，
每次都以为你要咽气了。
你微弱地说话，眼睛时而睁开看看我们。
我看见你紧紧抓住腰间的麦草佛经，
几只蝙蝠觅食后飞回了巢穴，
掠过阿公的遗像。

这不是土狗。
人间处处是友伴,和伤害。
你嫌灯亮,我把白炽灯泡用绳子吊高,
我帮你把蚊帐放下,你又觉得太闷。
十几天来,你不能进食,
肚肠几乎停止了工作,
炎症迅速损耗着你的生命。
夜晚在你体内积聚。

屋外的夜晚,
仿佛这八十多载的一生,变得稀薄,
星辰淡去,屋后的河流,
像你的丝被陈旧而无言,
灰雾凝结在茭白丛里,
泛起陌生的光泽,
仿佛有着人世的脆弱。
我感觉到了田野的孤茫。
你用吸管喝水,
跟随你多年的土狗呜呜叫着。
你起来上厕所,由妈妈或姨妈扶着。
你要求把裤子掖好,
提前穿起的寿衣,是你称心的
布料和款式,只是有些热,
姨妈解开了你胸口的纽扣,
却不能解开你的疾病。

这不是疾病。
几天前，医生劝我们拔去管子。
你躺在家里的床上，大口呼吸，
体内的臭弥散开来。
我想起三十多年前，
你带着我去摘紫苏籽，
我的、你的手上沾满了叶子的臭味。
桑树地的阴凉遮蔽了我们，
两个身形有着明显的差异，
在苍茫的田野跋涉，我们沾上了一样的露水。
我知道，你会把它们炒干，放到熏豆茶里，
我尝过那种香甜，
热乎乎的，让我们得以与亲人妥协，
尽管我们常常被舌尖的闪电灼伤。
这不是夜晚。
你在人世的最后一场绵绵细雨，
时间突然变得深绿，
那是乌蔹莓和鸭跖草的颜色，
草木不会运动，无法说话，
正如夜色苍茫中平躺着的你。
死亡，就像一把生锈的镰刀，
慢慢割着你的身体。
你紧紧抓住腰间的麦草佛经，
显得那么陌生。

2019-10-2　五龙桥村

夜的命名术
　　——给汪天艾

渊默处，人们匆匆忙忙，
雨水在吟唱。
夜晚暖尖滑腻，为之心折。
天空洗濯我们的漫游，
速度总是那么孤独，
酒杯总是那么无辜，
我们惊慌失措地认出了对方。

2019—11—16

不如虚无点

天空羞答答的,送来了
几个夜晚。勤勉的人
静心走路,想要走到最黑处。
嗯,一扇巨大的门在关闭。

"你不是一个虚无的人。"
然后就是不理不睬,就是见证。
坐姿倾斜,树叶零落,翻找出
一个不那么真实的自己。放下

念头。草木在人间,
在巷口,嗅着被绑住的空气。
人心不同。不觉移步到了
地铁。那么多人,那么多欲望。

2019-12-13

彰武路,鞍山八村

虽已不能经常地听见身上的海,但我知道它还在。
　　　　　　　　　　　　　　　　——朱朱

光阴,真的荏苒,小区灰蒙蒙的。
决意要走。走吧。
我们早就活在了一次离别中。
鬼才信呢,他夜半回家。
良工琢就,鬼才信呢。
男欢女爱,无非就那么一片刻。

困顿也可以。死也无所谓。
要去温州,要去青岛。
怎么不选择落雪的南京呢?
死别是春天,生离是冬天。
淘虚了日子。
落雪?寒冷在哪里呢?

那一身酒气,没人要享受。
那不解,口角。
日常的咳嗽。
杯子里浑浊的茶水已是冰凉。
白玉兰,低头,枯荣同枝。

雪松。苹果手机。
肿胀的街道。
傲慢是头一等的罪。冷冰冰的。

错认了。错认了。
悔恨像暴雨落在头顶。
多带些寂寞上路。
呵呵,滴滴打车还需等位。
吐槽,下足了死功夫,
可是温存在哪里呢?
理解缩成一个深渊。
12306系统刚刚崩溃。
疯狂是我的行李。

和梦新来不做。为什么要做呢?
欢愉尽多,走陌生的路。
孤身一人走吧。街道
靠着比喻清澈起来。
惹得一身苦楚。微信拉黑。
笨拙的言辞,是无爱。

携云握雨,我的胖用裙子
遮住了。我的羞耻正惊讶于
这幽闭的房间,
这胡言乱语的男人。
这被诋毁的人世。

这失落在楼梯口的钥匙。
这持续了一个世纪的谎言。
工作。薪水。房租。支付宝。
见不惯单位领导生产笑容。
容不得男人一点点作废勇敢。

哦,诉出了心腹。
多般不易。离开就离开!
咫尺天涯收在抽屉。
他日在海边,我不会想起
这个城市,和这个小区。
只是听不见了身上的海。

2019-12-31

在孟溪这边

在梅雨和季风行省腹地

一

跨过一座水泥桥,
穿过一片鱼塘,
那是电线杆不再延伸的尽头。
一个村子蹲伏着,
在桑树地和水田之间的高地上,
占据着一片天空。
时间是一颗熟透的豌豆,
散发着橘色的光。
天气一日日重复,
在暴雨、台风和雾霾里急剧变形。
屋里屋外都是受缚的人,
有着生机勃勃的表情。
梅家桥下可以见到几百只麻鸭,
快乐而不老实,畏首畏尾。

二

手套厂,服装厂,丝巾厂,
皮革厂,化工厂,码头,
在孟溪那边,在人们的期待里,

收集男女的劳动。
新开河平缓的水流
在大闸处舔舐着运河,
曾有一个夏天,
那善于泅泳的男孩
被运输船螺旋桨割伤了腹部死去。
道路都不可化为辜负的暗影,
谁都不能伤及另一人。
他人总是移花接木。
这个人贫智短的村子,
有了河流的任性,
调配出喜闻乐见的免疫力。
卑微的心肠安然入目。
琐屑的事情铺垫在每个人心里。
烈日闯入午后大气的宁静。
口若悬河的村妇三五成群,
在屋檐下编织、缝补,
交换轻盈如云的流言,
仿佛六朝的骄奢淫逸
潜溢出京杭运河。
骑着电瓶车,从工厂回来,
沾满泥浆的劳动布
走动在田埂上,
靛蓝里生长出了黄昏。

三
这是一个江上人的村子。
在清帝国的黄昏里,
他们上岸,生儿育女,
复制树木的阴凉。
他们站在水边,
看着运动一个又一个过去。
他们任由自己在运河边豢养平庸。
河水强大的流动一直未被克服。
桑树,水稻,繁衍的法令
绑住了子子孙孙。
由于安贫乐道,他们进入了生活。
在长江三角洲,
酱醋油盐在一生中轮回。
人们迎娶,远嫁,
只是男人的家姓不曾迁徙。
债务和疾病是被晾晒出去的衣服。

四
这是一个不好不坏的村子,
普通得就像是鲫鱼身上的鳞片,
闪着世俗的银光。
在这梅雨的行省,
雨水洗涤了儒释道的墙壁,
屋内潮热却空洞。
人与人隔着沟渠交谈,

他们在这里一再重逢,
一辈子又一辈子。
在这季风的行省,
人们上班,斗嘴皮,烧饭,
搓麻将,看电视,做爱,
日子总在第二天凌晨开始。
运河沉默不语,
像一条泥鳅释放着呼吸。

县级医院勤杂工事迹备份

偶尔,他惊讶于自己歪歪斜斜的年岁。
在每天经过的泥路上,认可了命的速度。
作为一个老年勤杂工,无力刺破医院的循环。

一群麻鸭在梅家桥下嘎嘎吐出惊慌,不曾
让他想要阻挠钱的欺骗。哪怕将错就错。他渴望
被命令,被推搡,被肾上腺素驱使。三十年了。

心如其面,他一脸平庸。人类,千支万派,
犹如这些桑树枝弯曲的关节。可是一路走来,
都是面熟的人,说到底,人人毫无干涉。

他步履缓慢。所有的空气是债主,无济于事。
拿着生计驱走无聊,沿途的桃花沉入
枯寂的海。医院熟悉的消毒液走动如挚友。

可他不是医生。他看守着忙碌的病患,搬移
药物的赞美。他疑惑地打量这个空间的运转。
清晨的三两老酒兑换成呵呵的笑声。死水微澜的

日子。只是轻轻从三轮车上坠下,骨头
就告别了坚韧。枯萎不能持久。儿孙满堂
只是被人情世故捉弄了一场。唯有血脉不可解。

早茶和一日三餐足以安慰儿女们的不孝或冷淡。
他习惯在勤劳的汗水里丢掉希望,像铲除岁末
让人脚底打滑的积雪。他从未在失败中跌倒。

他倒在一次无足轻重的懒散里。没有心灵可以
互诉衷肠,只有浅醉、节省、寡言和对时令的守护。
没有人见过他与老婆亲昵。婚姻里遍布嶙峋的怪石。

县级医院对重症一筹莫展,一个孕妇死于难产。
而他不闻不问。不能理解鲁莽的
手术流程。他体内的细胞是一个甜蜜的宇宙。

喝农药的远房亲戚,淹死的朋友,摔断腿的邻居,
喉癌晚期的媳妇,上吊的中年妓女,信件一样出入。
有一阵他不知所措,如暴雨中一只麻雀颤抖在榖树。

季风不断造访。
经过岁月的挤压,身体干瘪如一支用完的牙膏。

在里人舌尖，留下一些好名声：不逾矩，没有故事。

水稻厄言

人世无端变得起伏，天地
在燃烧自己，在循环，向着饱满。

这些水稻正健康生长，茎秆
直立于事件之外，倨傲如陌生的亲人。

聚集在田垄内，有时东倒西歪，
和季风同一个节奏，却有着差异的领会。

在雨水的行省，男男女女经营着
面子，通过粳米和籼米参与固有的生活。

日子轮回如四季，而人们习惯了
远游，蜗居，避难，锐志于得过且过。

被日光滋润，也被炙烤，仿佛宴饮
是为了消除背叛，为了让舌形流动。

必定要经历拣选，播种，雨露，枯萎，
但雨水能告诉关于滋润的一切，关于命运。

生生不息，或生来为了熄灭，点燃

人们体内的河流,获取软糯的血脉。

在技术的革新中,从未被爱过,
除了杂交,变异,出演一场场婚丧嫁娶。

酒精洪灾

翻过瞌睡的石桥,
打开了所有的
狭隘。走在田埂上,
他才感到安宁,
就像晨起去厨房
摸到了酒杯。
他大字不识,却熟悉
窝棚里的每一只鸭子。
耗尽了青春,恨血液
流速太慢。宿醉
在泥里,柔软如柳条。
他质疑树上的
故乡,把往事摁进
一个酒瓶。
他独特,清澈,雷厉风行。
他平凡,糊涂,慢条斯理。
热情的湖水
在东升浜里要求出发,
加速,长途跋涉。

湖水揉捏出
妻子出轨时的
冷静和无知。
他从未哭过，守护着
情感里的残山剩水。
他劳动，劳动，劳动，
他饮酒，饮酒，饮酒，
他懒惰，懒惰，懒惰。
被盗去的水泥船
飘向了月球，
在那个黑到看不见
未来的夜晚，
慈姑和荸荠
沉溺在孤独里，
对人世的变故
只轻轻叹了一口气。
他用烧酒
涂黑自己，
让自己变成一股洪流，
席卷友善、责任和爱欲。
用酒换来的虚荣，
源于泥土的谦逊，
和地位的卑微。
他在酒精的湖底
只遇到过自己。

私人欲望叙事

她不安分地从竹林走过,东升浜影影绰绰。
务农的人,到处都是。插秧,除草,施肥。
孩子们在机耕路上嬉戏。想起刚才在厢屋,
精液和陡峭的爱盈满了阴道,一只耗子
窸窸窣窣消失在木楼梯下。欢愉之后是寂寞。

泥鳅下载了整个中午的欢愉和忧郁。
闷怀,积病,嘻嘻哈哈,脚踝上的伤,
腹部的手术疤痕,经常黑屏的华为手机。
云雨既散,离开这里就视同陌路。
伶牙俐齿,曾让邻里恼羞。咳嗽一声,

出了门。稻地前的枫杨又颓萎了些。
正午的物事几近丢了影子,失了魂魄。
就像她,昨晚和丈夫躺在黑暗中吵架。
东升浜里的那只苦鸟叫了一夜,河埠
切分了岸边,捏造出理解与不理解。

希望之苦,守候之苦,比弄堂更会欺负人。
是心血来潮?是报复?忠于春梦?
这个乖僻的所在。人人都是盗贼,窃走了
别人家的未来。烧酒,香烟,赌博,上床。
唯唯诺诺,总好过虚张声势。她弯腰露出红内裤。

可曾有人偷窥？告密的穿堂风谁也拦不住。
身体的畅快在先。镜子里，乳房是坏掉的键盘。
新起的誓言在正午溃散，如晨间的雾，不可靠。
从推门而入，到偷偷离去，只隔了几滴呻吟。

通往氟塑料厂的水泥路被暴雨洗过，她新更换的
电动车让风越发凉爽，让身体变得轻盈。然而，
柴米油盐呢？水电煤的费用呢？梦里的金戒指呢？
它们会飞翔吗？柳絮、飞燕、玉环，都是沉重的。

巧妙的厨艺无从挽救她的虚无。她日复一日炫耀
在省城的儿子。在邻居的谩骂里，在丈夫的宿醉里，
她存在，她绵延，她沉默，她欲求。东升浜的波面上
暮云行走着，探寻着，徘徊着，无法停息，欲言又止。

2020-2—2021-8　金山

逸事：他人

倘若残缺
令人平静,
雪就不必落下。
他将分析
投入迟钝的目光间。
就这么越渡电子瀑布,
小心翼翼,
撤回一步是空白。
风行水上,
细节各自独立,
缠绕在鲸鱼的肺里。

雪不可能落下。
梅雨切割夜色。

疏离的季节令人不安。
然而,他一意孤行,
删除了丰富的雪,
和锁闭的炎热。
衣服上的重力
并不蕴结,
择定的从容

在唇间露出破绽。
记忆朴素地碎裂,
成为瓠落的咖啡馆,
成为嬗变的脚步和口吻,
成为一同安检的背影。

2020-7-7

房东

> 他拥有那么多缺席。
> ——沃尔科特

一阵风在斤斤计较,
好像慢慢接纳了弯曲的天空。
那么多复制,那么多依然。
墙角的宜家沙发承受着房东丑陋的重力。
炎热在沉默中争辩,塑造出火焰。
狂虐的波涛,在口舌间泛滥,
整个鞍山八村小区刻录下一片失败的海。

"一个地址需要被重新编辑。"
必须忧伤如燕子,
才能渡过蓄满了寂静的树林。
无人知晓,生活在演习巨变。
收购家具的,搬家的,卖水果的,
警察,围观的邻居,哦,人海波澜。

是什么让失去房子的人回返?
是什么让碎裂的合成板衣橱起飞?
是什么让梧桐树叶在烈日下依然发绿?
那么多贫乏,那么多不如。

那么多流动,那么多下坠。
从坏到更坏,只需要一阵疾风,
从平静到寂静,则需要一生。

2020-8-2

幽人
　　——给余烈

幽人守静夜,回身入空帷。
　　　　　——张华

饮酒,是谁坐在对面?
只有寂静知道
失眠的人置身何处。
有人听见一粒梅子
在唇齿间呼吸。
是谁,拨开
小区里残余的汽车尾气,
来到杯子底部思念他人。
回身便是悔恨,
在东海边缘,无人应答。
腰间的夜色,一圈圈蔓延,
就着黑,心中惕惕,
仿佛爱欲在等候。
"我在,无人知晓我是什么。"
夏日如黄昏的归人,
默默行走,每一株香樟
祈求着一个停顿的夜晚。
有人沉睡,有人后退,

而一棵柳树想要移动，
是谁，采摘了三千里的路途，
只为了倾斜一座城市？
镜子是穿不过的帷帐，
再暗的夜，
总有人在醒的深处吟唱。

2020—8—11　金山海边

物的时代

风有些陈旧,动人的一片秋声
上传着一个夜晚,裹紧微湿的乡愁。
许多有限的身体错落站立,男男女女
彼此认同,在令人起敬的降温里。
一个转码的海起伏着,失去了码头。
月在朋友圈升起,在滤镜里呼吸。
故乡任凭被复制,亲人乐于被粘贴,
在同一个沙滩上,空气编织着统一的节日。
那个女人穿着复古英伦裙,逗留在抖音里,
笑容被远在天涯的手点击,
腰肢犹如芍药,安装了司空见惯的妖娆。
月光下,我们的内存无限,想去爱
每一个爱过的人,原谅每一段误解与离别。
沙子直播成静谧的雪,背后是一个无限的亚洲,
听得见那么多人内心传输着温暖的液体。

2020-9-21　金山海边

在永嘉

索居易永久,离群难处心。
　　　　——谢灵运

在永嘉,难得看到傲慢的人群。
沿途都是陌生的树。
动车是力的道德,
速度呢,一个多出来的幽姿,
人与人也会相撞,甚至为敌。
站在入口的每个人,
口罩上盘旋着必须。
被损耗着,被熟人,
被距离,被心念中的顽疾。
漫游,靠着装束表演,
身份的叠加,苦痛的叠加,
惊动了快递站,和房产中介,
其实是挺快乐的。
不去成为飞鸿,
就在不可能性里捏出一座孤屿。
成为自己而不能,
就成为他人,置身在波澜里。
在永嘉,在江湖。
在清晨,骑自行车的少年

身体扭动起来,笨拙却务实。
加油站的中年女人
推销着燃油宝,
卖力趋近于生活的岩峭。
没有仆从,唯有资本,
没什么好去嫌恶的,
没什么可争吵的,
唯有一个星系的辜负。
云浮,渊沉,落差,
羞愧了几秒钟,
就觉得那么漫长。
依然要出门,去打扰山林,
做不到遁形,就攀登,
就经过,就回返,就争吵,
就远眺自己的弱点,
就让无形的权力去娱人。
研究佛学或者本雅明,
有什么差异呢?
家族荣耀,个人得失,
只是一些翻译不出来的内存?
无非是不能忍受旁人的目光?
一切都在云端,都在数据中,
浮云还是有些沉重。
力气也不够了,
却要迎候不好不坏的生活,
或者妻子,或者领导。

在永嘉，枯坐，
刷豆瓣，点外卖，
不关心人类，但关心支付宝和薪水。
话说回来，冷板凳是唯一的伦理。
谦逊推开了一条愠怒的江，
重复，就像性，就像爱，就像就像。
在永嘉，唯有无家。
在永嘉，怎能拒绝晚霞？
那不可治愈的耿介
难道不就是宣泄？
那如影随形的出身
说到底是在滋养愤恨？
寻求和解的言说，
却带来了迷雾，
带来了异景，带来了迥途。
隔岸尤若观火，
手机不如木屐。
接下来，是回到首都的街衢，
还是去烛照一群鳄鱼？
都没用的，不如在永嘉成为自己。
在永嘉，栖身于无家。

2020-9-24　金山图书馆

空城

一场雾在楼群间参差,游荡。
也许,应该下雨,去占有
旅馆,银行,一部部手机,
如秋天盈满上班族的耳蜗。
暮晚的胸口别着一个个身份,
外滩的天际线仿佛安装了欢意,
却有一番番怀疑在路上飞过。
在你我额头,夜晚低垂,
填不满我们的欲望和希望。
打工的人,重复着清晨,
堆叠着正午,制作一个个数据,
唯有身体暂留在唏嘘里。
轻灵的梦魂不堪侧听。
从出口到入口,有人错过。
从站台到平台,懒得相逢。
空洞在地铁十号线里咳嗽着。

2020-10-9

内卷时代

截屏的人

心闲手自适,寄此无穷音。
————苏轼

雨季渗透到每一棵树里,
我们的日子分成了窗内和窗外。

微信在昨日的雷声里变得潮湿。
几次转发拥挤出一个蔚蓝的海啸。

流言,不安分的清晨,是轻盈的台阶,
在嫉妒的霉菌深处,谁开始叙述?

站在风景的可能性里,深深浅浅,
错落有致的误读被复制,删除,转存。

在朋友圈,在豆邮,在私信,
在无力的、无理的、物理的平行宇宙。

只有恼人的右键:吐槽,吐槽,吐槽。
三种破坏性的恶。三次展览性的和解。

一场嫉妒的骤雨之后,被缝合的便利店,
漂浮在矛盾里的一扇门,变得幽暗。

扫码支付的友谊,减脂期间的爱欲,
一次次升级的刷屏,终结于拉黑。

内卷时代,嗯,阴影做着仰卧起坐,
练习如何爱自己,如何走向他人。

即便每一束肌肉收缩自如,数据
不能变得轻盈,有人在屏幕里淡漠。

于是,不遗余力地在酒桌上沉默,
静默,寂寞。这就是膨胀,这就是收缩。

2021-6-15

点赞的人

不似当时,小桥冲雨,幽恨两人知。
　　　　　　　　　　——周邦彦

这阵梅雨催促我们开机,
拇指里的世界从不悔改,
搜索,辨认,讨好,
下一个灵魂,

下一枚头像，下一只肺。
清晨的冷烬知道我们是谁，
一伸手就掂量出我们的颓废，
我们的年轻与尚未。
被截屏的星辰，
被转发的大海，
沿着游龙惊鸿，变形，倒退。
顺时针的璇渊碧树睁开双目，
睡意还在摇曳，
如花在野，热风吹过彰武路，
每一次仰人鼻息，
被隔夜的肝火嗅出。
偶尔，借着吞恨者的引力撤回，
良心上落满了寒灰。
我们的内心运转着一座核电站，
骄傲呵护着那些反应堆。
出征太空，梅雨席卷长三角，
我们唯有点赞，点赞，点赞，
唯有每一种人生的三个阶段，
误解，理解和不解。
拇指是我们的无知，
肌腱炎停留在我们的经济。
赞同，赞美，赞颂，
锁屏时亮起的每一次。
自我批评，对案不食，
在平原上早就陷落了数个世纪。

嗓音里的二甲双胍不会闭熄，
朋友圈提醒我们去爱，
去迫不得已，去成为同一。
在每个名字后面，跟随着
一连串闪电和雨滴。
清晨不能反对夜晚，
同济新村和鞍山八村不许争执。
透过闲暇，我们瞥见孤寂，
凝视着手机的呼吸，
我们涂抹了自己的面目。
拇指是一个幽蓝的仪式，
我们在迷思，我们在迷失。

2021-6-17

拉黑的人

江潮容易得，却是人南北。
　　　　　　——舒亶

一个重症的夜晚，被删除，
可清晨依旧到来。谈话弥日，
愤怒却像野性消费一样积极，
食指和拇指放大了洪流里的忧伤，划掉了
星巴克的甜腻。一个个我在一段段凝眸里伫立，
比一颗八月的彗星更闲适，

必要时，还能降低耗电的速度，
只不过一开始就坠落了，却不知是渊池。
不妨在手心握一块冰，
好让它化掉。一种速溶的情谊，
飘飘何似？只是未及时打补丁的沙鸥罢了。
被导航的心理人，钟情于一瞬晨曦，
接触良好的拥抱，远不及快递来得真实，
犹如电影开始后，一名观众姗姗来迟，
刚刚逃离目光呛人的会议室，
她的时间在黑暗里与旁人错开，比得上墙内外的
酒痕和泪痕，人们淹没在漫反射幕里，而她
用力调动眼睛去开路。怕的是长负清景，
于是拍下懒散的此时此地，我们
就江湖契阔，痛恨各自的抑郁。
一艘公众号里的巨轮吐出牢骚，
嫉妒成性的人，为了被点赞，相似于己，
别于割席，是唯一能确认的，仅仅在屏幕一侧
欲罢不能，让鳄鱼爬满街道，
动一动脸部曲线，遏制融洽的空气。
起舞的层积云依然要贴地行走，
偶尔，仅是偶尔，我们的双足闲着，
就像干洗店里的一块绸缎桌布，
这逼仄的街道，容纳了少数几个在宥之人。
手指被解放出来，掀起一场台风，
去诋毁，臆想别人劣质的堤岸，
头脑里，保持着对洁净的激情，一扇门

缓缓向着自己关闭。
树欲啼鸟,但愿空气新鲜永世,
供我们在明暗里同时呼吸,相互尊敬。
渊默处陪着一个雷声,无从平息朋友圈的失意,
这辽阔的慢风,允许我们狭隘。
起风了,我们辨认不清别人,因了无目光的看,
这曼妙的二进制世界,终于又黑了一次。

2021-8-1

发明生活(联句)

屏幕流转间,我们用新诗
盘点日常的未知。(刘阳鹤)奇异的,是这
雨水里有莽莽的低语,把人间的事情
轻柔地压伏。(砂丁)你听见车辆风驰
像童年的玻璃珠,路灯的桅杆下
一座城市的汽笛穿透了涛声。(王子瓜)
地铁模拟深渊,梦不见簇新的
群岛,唯有点醒体内与生俱来的星辰。(胡桑)

2021—8—18

八月马连洼
　　——悼胡续冬

天南海北的云聚焦到肖家河,
你的风流不散,仿佛缠绕而成一道霓虹,
等着被擦亮,横跨莲河、鲫鱼和地铁站。
我们这些人,难以收拢你缺席的空间,
终于被日历之力击倒在一个加速时代,
几多恩怨情仇,几多疑神疑鬼,
不如刺入瘦硬的白昼,穿过野桃林,
我们是朋友啊,在柳荫里,唤醒瞌睡的漫游。
到处是意外的叶子、待哺的猫、被发送的景色,
这些白杨、木槿、榆树、菇娘,你都友善过。
阳光晃眼,我推开了自以为是的
断念与激情,盈盈望着隔街的小区,
来自西辛力屯的575路徒增天宇的伤心,
可是小清河明澈如练,大概也被你开过玩笑,
偷师了你的必杀技,幽默的指数必定不低。
你看,难以计数的伤心烛照着脆弱的人世,
但眼泪不是葬礼上的主要物质。
阴阳两可间,我们各自缓过神来,
有一朵云轰轰烈烈飘走了,一瞬间走了,
只需一个午后,你就不在了,可我知道你还在,
你让我们和解,暴食大排档里的地沟油,

记忆如烟，又不如一支黄鹤楼，
燃不尽血液里的贪嗔痴，
弹不落梢头的自恋、自伤与自弃。
直到那一阵丢失的窸窣声，从私信里传来，
渗出中年的柔弱，你宽容了千百种人性，
不和小人、佞人、作茧自缚的人计较。
那么多人习惯了马车，害怕语言里的高铁，
而你的心呀，大大咧咧，在等什么？
向你，我学会了恬淡与反讽，以及更快乐，
我听见英特纳雄耐尔一定要在云端实现，
我相信胡子明天就要长出来。
人随世事草随风，
你懒散而深情，却只愿浮生胡言。
密密麻麻的雏菊挡住了你的脸，
我踮起脚，必然地，就触动了泪腺，
原来，思念需要变成液体流淌在另一个人的脸上。
胡思乱想中，一颗星子高坠，落入薄凉的风里，
续承这闲伴的静默，拿捏反常的速度，
冬日未远，夜何其，我们的残酒如此干枯。
我们各奔东西，只见你又一次启动颠倒生死的视角，
成为我们的终身卧底，
就像在群聊里，以虚拟的姿态陪伴着我们，
激活恶作剧的众多分身，
隔着屏幕、墙壁、云层和空气。你不在，却永远在线。

2021-8-27　秋果酒店颐和园店

分神的人在夏朵

始于一次恍惚,
从虚构之池中跃出,
外力规划的街道流向烟丛,
终点是在金汤力浸泡的星系?
我随着众神踽踽走来,暗自
与神经缱绻,破防深情的湖,
噪声在脸上被空调风吹落。
进门时,旁边立着一朵微笑的云,
许是锋面云、对流云、折叠云,
我打开电脑,打开了休眠的星云。
投降有什么用,一架飞机在我体内退役,
扫起四周的静默,倒在颓废收容站。
来来去去的人们,冲破次元,拂动
我体内的热。我环顾四周,
那只资本的手摇晃着我。
我点单,吊灯闪烁着秋天的橘子,
仿佛人们那么需要我,世界
那么坚固。人们只是人们,他们
刷着手机。而我突然想起
阴天和阴鸷,想起突然和突破,
恍若看见了人间的无常。不如试着
去赞美悠忽和柔弱。在夏朵,

云层脆断，几个中产阶级喝下去闲愁，
坐姿里弥漫着一类编码过的气质。
我如鸟振翅，接受了无常的力，
廉价的瞬间，假装卸载了晕眩，
重启的身体恍若进入了辽阔的模式。

2021－8－30

在人类纪,不如美好点

穿过星系和鸟鸣,
人们在雾中学习如何开始,
学习吸收温暖和白昼。

一旦发现影子重了,
不妨在手心唤醒一头幼兽。

身体荡漾出新橙的呼吸,
若是感到冷了,就去翻转一朵云,
对每趟地铁、每棵树说出问候。

在熵的尺度里,尊重邻人的迟缓,
携取遥远的信息,出门,下楼。

要是清晨太密集,就踏上
一个个平原,步入一座座城市,
让一条甜蜜的河流向着内心渗透。

邀请山川的耐心,作用于他人,
邀请所有明日,降落在明亮的时候。

2021-12-15

游园
——写给杜绿绿和厄土

终于到齐了,我们开始绕湖而走。
跟随一个缺席的人,草木樨的复叶
对称尘世,通泉草在这个午后倾斜。
来不及留下脚印,速度已然足够。

夏日下载着藻类,麻雀麻木地飞过。
中元节的铁门才关闭了,又嘎嘎打开,
我们惊讶于满园的无用,在桥头徘徊。
影子连着影子,空气面具越来越多?

幸好游客们拍下了一个爽朗的季节。
我们在笑声里一次次凝视尘埃的归途,
左边是湖的渊默,右边是矮坡的突兀。
扭曲的桃树让酸甜的成熟来得真切。

请慢些,再慢些,让重复的变得更绿。
让走了的再回来,背影晃动如青纱帐,
穿过,坐下,停憩,沿途供养着宽广。
我们试探了前路和后路,山石和泥土。

在树林深处,一个海慢慢悠悠地腾挪。

座头鲸游向一束光,结痂的盐并不苦,
雷雨后数着彩虹,校正直男癌的首都。
若能获得幽默,就会听清黄昏的下落。

一生爱好是天然,看得姹紫嫣红入梦。
我们躲进千门万户,仿佛轮回便是弱柳,
拂动了一片灼热的雪,一层明亮的铁锈。
任凭莲花在枯萎中保持着拥抱的势能。

2021-12-30—2021-12-31

耐心
——赠张慧君

一个城市的雪落在了湖面,
月季枯萎,而水仙盛开,
经过了高速的寒冷,
人们总要去温暖一片屏幕。
幽蓝里,青鳞子吃着自己的未来,
不,那是它的过去,渗透着晶莹的血,
而人类,越出了冰洁的河,
飞着,在桃树的嫩芽下,
终究会携手,种下快乐和友爱。

风是冷的,心是暖的,不好不坏。
有时,我感到了你哭泣,停在早樱枝头,
透过明亮的情绪,融化了是非好歹。
人世荒诞,你依然在园林中的
假山旁楚楚站着,我坐在海边的雾中,
想象一个编织了月光的春天在徘徊。

礼物。女儿是礼物,
岁月也是,误解也是,我们都是。
微信里的低语并不卑微,
走过千山万水,孵育一个鲸落,

缓缓失掉影子，要我们走得不慢不快。

我们，两个人间的学徒，
孤独如琴，谁来弹奏，就散了烟霾？
唯有去听，去看，去抚触，
有时，我听到了你的指尖端起一个海。
在涛声里，有时和有时，遥遥相望，
你猜和我猜，形影相随，
恢复和回复，跨过春池与沟壑，
不过和不过，踱步到园林身外。
那么多雨，那么多流淌，唯有等待，
等待寒冷慢下来，瀑布里没有悲哀。

2022-3-21

在影子之城记忆未来

一

道路打开了白昼,江水如兰颤动,
天空翻转、鸣叫,落入清晨的荫丛。

春光值得赞美。一只手在窗口曳伸
接住虚无和尘埃,拂掠荒野上稀少的行人。

楼宇的内部凛冽,掘出一个封控的内海。
哪棵栾树想要醒来?这个四月真的会盛开?

那么多亡灵复活,点缀着菌类的斑驳。
影子编织极乐之城,席卷无雨的旋涡。

轻盈的鲸穿过楼道里的湍流和暮灯,
在饥饿中吞下这生成着抗体的黄昏。

二

在深蓝里,我们在储存自己的目光,
为了转身,看见窗外来往运输的蔬菜。

玻璃刻录着暗焰,映照混沌的天河,
再安静一些,就可以倾泻你我的未来。

二十年，我们学会了游息于渡口，
与蒺藜共存，而镜子里尽是满怀期待的白鸥。

凝滞，愁卧，身旁横陈着免疫的鳍，
勇猛的浪足以稀释体内宽恕的寒溪。

记住那些足不出户的岛屿，温和的洋流
停在半空，斑鸠环绕，守候在结网的门口。

2022－4－5　清明节

进化论

> 难道在光之外,还有其他什么东西?
> ——瓦雷里《天使》

雨渗入杨浦区的夜。
门窗懒散,关闭
在吴越的空洞里。白天造访的蜂
不知去向。隔着玻璃,这五月的幽暗,
我辨认着。风扇在屋内循环着虚无。
从卧室,到厨房,再到客厅,
我的缓慢在肌肉里呻吟。
我知道,一年蓬长出了排比,
绣球花领受了春的造诣。
酸奶的冷穿过我胸口和胃里的幽暗,
抵达不可抵达的饥饿,目击冰箱关闭。
三叶虫、马门溪龙、始祖鸟
从洗手间里鱼贯而出,在窗口回忆出
一座森林,觅着食,物着色,
刷着朋友圈的戾气和流水账。
如果凝视阳台上那只中华蜜蜂,
不,那只意大利蜂,
就听得见嗡嗡声回荡在小区里,
它在萝卜花上摘取了散漫。

此刻，蜂翅也许被打湿了，
口器忆起花香，复眼解析着
三角洲的减速，太平洋的关闭。
可是，海浪拍打着三门路，抹香鲸
从上个世纪游来，身上披挂
一条旧彩虹，潜入上海的离魂症，
像一阵在数据里醒来的幽暗。
我回到了阳台，目光抚触
窗外学会了静默的金丝桃和榖树，
奥迪和奔驰。一天天，
我们测度绿的酸性，
不惜让昏睡变得昏睡，
让关闭变得关闭。
餐桌上是爱，餐桌旁是骄傲，
循环的体内是循环，
幽暗的尽头是幽暗，
食物悠悠地，收服了孙悟空。
我打开窗，空气投喂着湿漉漉的关闭。
这片刻的宁静，汹涌在358弄。
我身上的漫游在蠕动，
碰到潮汐，又缩回了壳里。

2022-5-28

湾区夏日
　　——赠厄土

多么绵长的热,多么隔绝的郊区,
一场台风迟迟不来带走这夜晚。
小区里,一些家庭枝叶繁茂,
记忆在西瓜的汁水里参差。
错落的清晨便是借口,
仿佛我们可以如期醒来,在自己家里。
歧路让我们痴迷,痴迷于浮影游墙,
有人尽可以离去。我们渴望见面。

那盛大的人类的气息,
倘若从头细数,便可山川一样清远,
就像泪从眼眶里锁住了
若干往事,却不再滴落唏嘘。
可是我们的右手醒着,我们的额头
醒着。穿过斜径,我们
回想云端的稀稀落落的对饮。

月亮尚未升起,我们就迷路了。
我们沉默,如沉没的岛屿,
我们激进,如寂静的景区。
极望暮晚,宇宙进化为药,

在多元决定的入海口空洞着,
命运只不过是一叠
打印废了的纸,在这多么
多么格格不入的人世。

不必穿越,有人已在铁栅里
编织了大海、树木、鸟群和春秋,
我们无需举头或低头,只要去沉思尽头。

2022-8-15

一代人

我们亲自穿越了大海,在可能的
雾里,编织一个不会蜷曲的岛屿。

2022—10—24